你聽說過嗎？

聖地牙哥鬼屋

San Diego Haunted House

點子出版

IDEA PUBLICATION

「獻給被社會放棄、瑟縮黑暗角落
仍一息尚存的那群人，
無論是加害者還是被害者。」

聖地牙哥鬼屋

CONTENTS

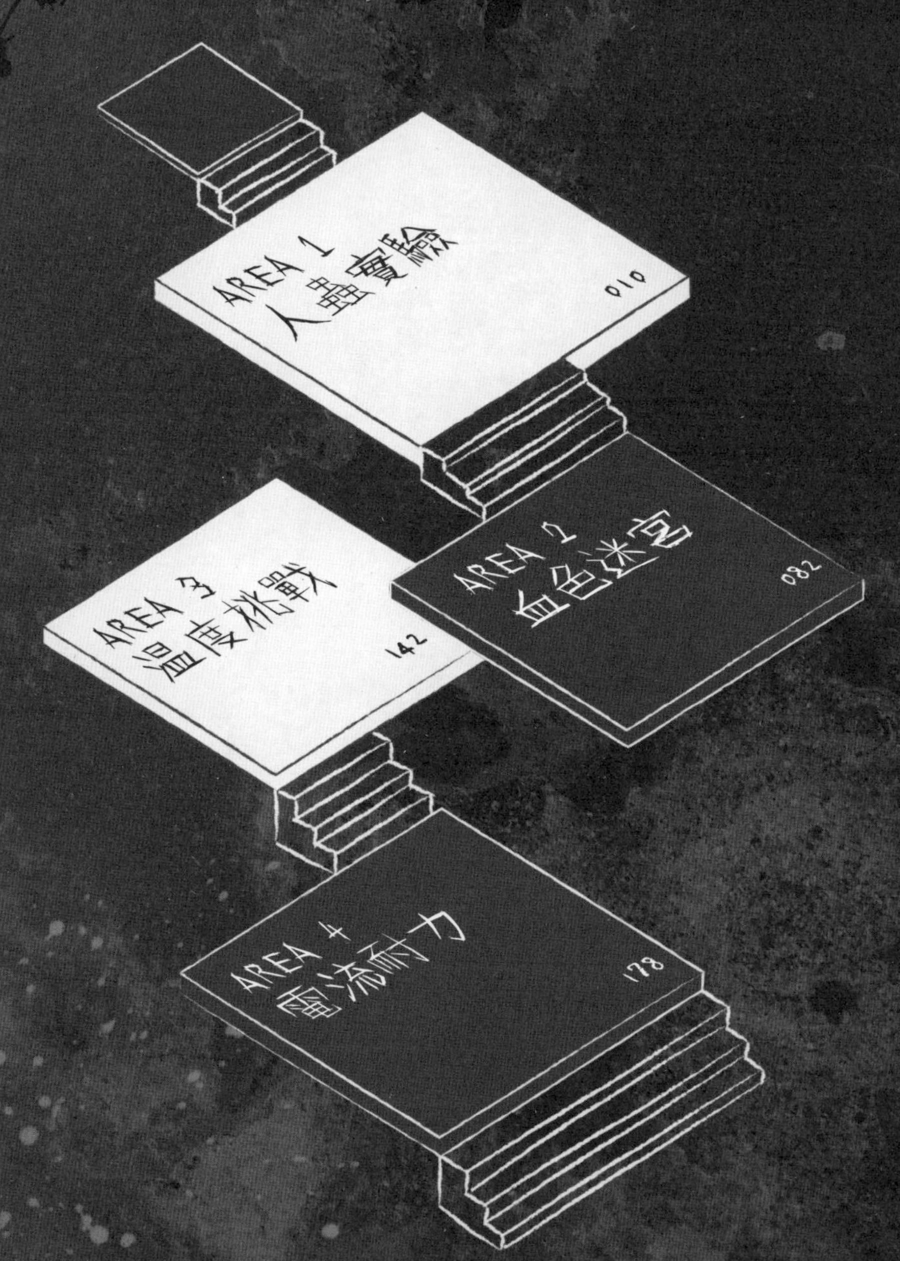

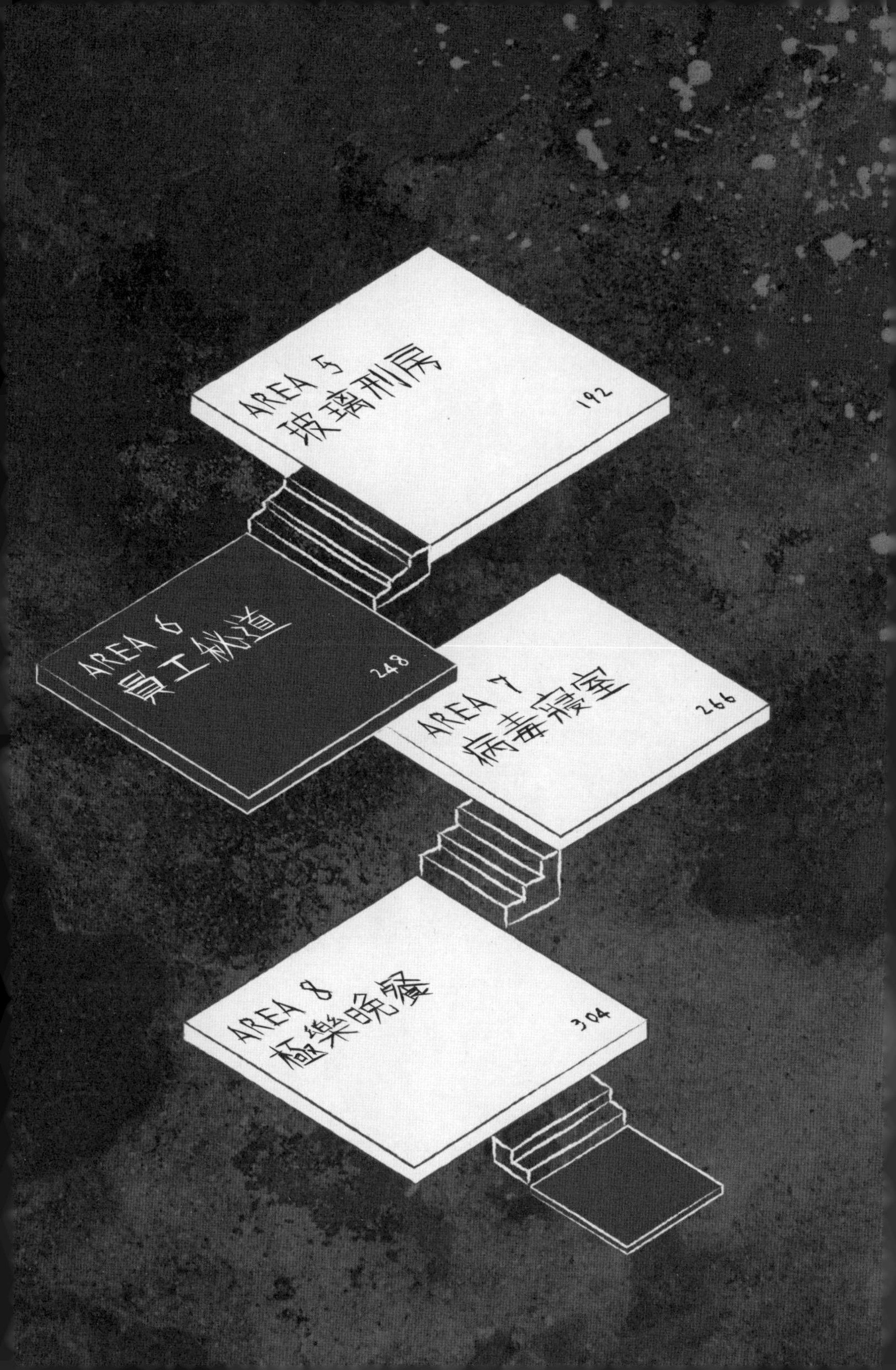
AREA 5
玻璃刑房
192
AREA 6
員工秘道
248
AREA 7
病毒寢室
266
AREA 8
極樂晚餐
304

「為甚麼你會想到這麼變態的情節？」

「還以為是男生寫的故事。」

「看不出來你會寫這種題材！」

以上等等，全部都是我告訴身邊的人我將會推出恐怖小說，或讀者看過我的照片後的反應。通常我都只是敷衍幾句以搪塞過去，但其實內心卻有個說不清的想法。

關於故事裡的殺人血腥情節，有不少讀者問過我：是否親身經歷、是否殺過人？不然為甚麼能寫得如此詳盡細緻？我想，這大概是耳濡目染吧？說的固然不是我有殺過人啦，而是我自小喜歡看恐怖電影和打電動。

構思這個故事，是得知美國聖地牙哥有這麼一間鬼屋之後（當然比起故事裡發生的事，這間鬼屋是很「正常」的）。試想像，被關在與世隔絕的空間，而又簽了生死狀的情況下，如果對方對你為所欲為，你會怎樣做才能逃出困局？

誇張點來說，我寫著寫著，筆下幾個角色彷彿自己活了過來般，故事逕自順著起初的設定，自然而然地發展下去。而我則變成了目擊者，在腦海裡看見一幕幕情景後，把事情的經過寫出來而已。

每當有人對我說：「看你斯斯文文的樣子，想不到你會寫出如此瘋狂的內容呢！」的時候，總想反問對方：難道殺人犯的額頭會刻著「我是殺人犯」嗎？久不久看新聞報道，訪問倫常慘劇案中兇手的鄰居，不都說兇手是好好先生、賢妻良母，想不出他/她會犯下恐怖的罪案嗎？

我當然不是殺人犯，也不會成為殺人犯（希望）。只是我認為，每個人的內心深處都有黑暗面，差別只在於有沒有把它顯露出來，或是反被它控制而做出不當行為。而我，只是這些黑暗面放大再加入創作裡面。

最後，衷心感謝出版社的賞識和勇氣。網絡小說何其多，出版社在茫茫文章中找到這個故事，甚至提出將它出版成書，對我來說十分難得，簡直是完成人生一大的夢想。說真的，這故事情節的尺度之大，我一度以為不會有出版社敢碰它，或者是我把自己想得太大，總之相當感激點子出版。當然，還要感謝一直鼓勵我的讀者們，沒有你們，我可能無法寫完這個故事，更遑論出版成書。

補充：我在寫作期間不時要找參考資料，不論是文字、圖片和影片都看過，老實說有時連我自己都覺得嘔心呢。在開始閱讀前，提醒閣下一句：請空肚服用本小說。

橘子綠茶

你聽說過嗎？

聖地牙哥鬼屋

San D
Haunte

AREA 1
人體實驗

歡迎光臨

看見面具人那一刻，是我和女友天韻在美國聖地牙哥某酒店吃過早餐、坐在狹小的大堂等了二十幾分鐘之後的事。當時我們各自對著手機發呆，期間有不少旅客來來往往。

「個 Email 係咪寫佢哋會七點嚟酒店接我哋？」天韻盯著顯示著七時二十三分的手錶緊張地問。她口中的「佢哋」是指一間名為 McKamey Manor (MKM) 鬼屋的員工，我們今天就是要去那裡遊玩。

我答：「係呀，啱陣咪話過你聽，佢哋話因為要對鬼屋地點保持神秘，所以唔會 Send 個地址嚟，要嚟接我哋囉。」上網看過其他人玩完的評語也有提到這點，不過我覺得這安排很故弄玄虛又矯情。

反而報名過程則簡單直接得多了，只要在網上填些個人資料登記便可。雖然鬼屋的恐怖程度太變態，可是由於不用入場費，可以免費入場，所以吸引了好幾萬人在網上預約報名。

如果沒記錯的話，我是一年半前抱著半吊子的心態去預約的。直到一個月前，即是五月才收到電郵通知我們獲批進入鬼屋的日期。要是沒收到他們的通知，我根本記不起有這間鬼屋的存在。

那時我想，可能通知期太短，很多人無法請假或來不及安排一趟美國之旅於是放棄了，最後才輪到我們補上吧。

我一再提醒天韻，「等陣嚟接我哋嘅人會將我哋雙眼蒙住，同埋綁住雙手，先會開車送我哋去鬼屋。不過你唔使驚，佢哋特登搞到懶恐怖啫。」

天韻立刻展露安心的笑容。我最滿意的不是她這溫順的個性、精緻的五官或驕人的身材，而是她那過耳的短髮，讓人清楚欣賞那猶如一掐就斷的脆弱脖子，兼且洋溢著少女的青春氣息。

她撒嬌道：「有大隻仔 Zach 叔叔喺身邊睇住，我點會驚喎。」

我比剛剛大學畢業的她年長六年，才二十九歲，怎麼可能是叔叔啊！真想借勢恐嚇她說：「今晚玩完鬼屋返到酒店，一定食咗你！」當然我沒說出口。

今天是這趟旅程的第二日，我最期待是與她的關係會有所提升，換句話說就是要與她發生性行為。即使我們一起已經一年半，但她仍死守處女之身。

對！天韻仍是該死的處女！

「喂係咪佢哋呀？」天韻突然以與其興奮度成正比的力度，

狠狠地拍了我手臂一下高聲問。

抬頭一看，兩個戴著《蝙蝠俠》電影裡小丑面具的男人從大門向我們筆直走來，彷彿早就跟我們認識。

怪異的面具引來路人疑惑的目光，不過當面具男揮手打招呼後，眾人倒是興趣缺缺地別過臉。畢竟行為打扮標奇立異的人太多，大搖大擺的舉止反而讓大家覺得他們只是單純想吸引注意力。

基於面具包不住的金色頭髮和白色膚色來判斷，兩人應該是外籍人士。除了面具，衣服也是同樣款式：純黑色短袖T恤和深藍色牛仔褲。

如果脫下面具，他們應該是那種輕易在大街都找到的典型外國人：隨便的打扮、身高超過一百七十厘米、一個微胖、一個很瘦。幸好我蠻壯健，不至於要仰望他們、處於弱勢。

與他們交流一陣子後，就能感受到他們並不是一般外國人，反倒帶有隱隱的罪犯味道。這是當警察多年、經驗累積而成的感應：他們有種古怪的氛圍。

「Hello!」面具瘦男說。（下文大部分外語將自動翻譯成中文）

「早晨呀！」天韻送來者一張天真的笑臉。

我固然不像她如此沒戒心，瞬間退後一步問：「你哋係咩人？」

面具瘦男隔著面具哈哈地笑了笑，故作輕鬆叫我們坐下聊聊、不用如此緊張，他們是 MKM 的員工，負責接我們去鬼屋的。

其後從容地一一解答我的疑問，卻從來不說多餘的話。他們出示 MKM 的員工證及之前電郵給我的遊玩編號後，仔細核對我們的護照和電郵確認函打印本。

望著身穿白色小背心的天韻——即使披了半透明的薄絲巾，也蓋不住那白滑豐滿的身材……

這刻，我的那話兒忽然傳來一股熱力！我無先兆地有反應了！都怪我幻想待會玩鬼屋時的情節！

一想到又純真又可愛的天韻會被淋滿全身假血、被綑綁，因受虐而露出一臉可憐、驚到尖叫又痛哭的慘狀，我便無比興奮了……不，不能讓天韻發現我這樣想！

我用面具胖男派給我們的幾張單張自然地蓋住重要部位，挑了其中的遊園規則仔細閱讀，雖然只有短短幾句，但至少能幫我分神不再幻想令人興奮的畫面：

不要攜帶不能弄濕的物品

不要攜帶武器、酒精類飲料、煙、藥物、攝影器材

不要穿昂貴的衣服

建議不要帶貴重物品如手提電話和錢包，主辦方將不負責任何損毀 / 遺失

不准觸碰我們的生物（員工）

「詳細嘅注意事項去到會講。如果無帶違禁品嘅話，」面具瘦男側頭比比門外說：「我哋就可以上車出發喇！」

「好嘢！Let’s go！」活潑的天韻高舉雙手、擠出天使般的甜美笑容——那是我最後一次見到這笑容。

最後機會

面具人替我們鬆綁後，我發現他們把我和天韻帶到一個燈光昏暗、沒窗、狹窄的接待處大堂。六月的聖地牙哥的白天才二十度左右，可能由於沒開空調又人多的關係，令人感到又熱又喘不過氣。

「好彩頭先喺酒店去咗廁所咋！依家又有少少急。」天韻在我耳邊輕聲說，指著旁邊掛上「廁所」牌子的門，「我去個廁所先。」

我瞄瞄手錶，早上十時十一分。

如面具瘦男所說，從酒店過來需時兩個多小時。一路上我為了節省體力而靜靜休息，天韻則興奮地說個不停，後來見沒人搭話才肯小憩一下。

其他人也是被載過來鬼屋玩吧？

只放得下兩張小沙發的接待處，為了營造鬼屋的不安感，所有擺設也是破破舊舊的，而且擦上假血的污漬。

這裡設有三道門，除了身後已關上的大鐵門（估計我是從這門進來）、右邊的廁所門，正前方櫃位旁還有一道木門，大概是通往被「鬼」折磨的路吧。

大鐵門緊緊閉上，看不到外面，既不知自己身在哪裡，又不知道這座建築物的結構……一切的不明確令人覺得很侷促、很不舒服。

我試過用手機定位可是不成功，這裡絕對是遠離市區很遠的郊區，連訊號都收不到。

踏入接待處瞬間抓住我目光的，是擠在左側沙發上的一對情侶，看起來很年青的亞洲面孔，加上男的正在說話——標準的廣

東話。下意識有種找到同類的感覺（雖然有機會是廣州人），不知為何人在海外、陌生的地方遇上香港人，總有種莫名的安心感。

香港男五官端正、曬得黝黑，看來沒甚麼特別，可是他女友的外貌相當吸引。

一條烏黑長馬尾和修長的四肢，很有運動型女生那種特有的爽朗，擁有嬌哆如台灣女生的天韻所沒有的知性和獨立堅毅。

意外地跟運動美女對上一眼，我紳士地微笑點頭後，馬上把視線移往旁邊。心裡面想，倘若在夜場遇上她，我一定用酒灌到她迷迷糊糊再幹死她！

並排坐在香港情侶旁的，則是令人大失興趣的外籍男女，像是印度人或甚麼的。兩人身型略胖，加上長得不怎麼樣，幸好這時天韻剛好從廁所出來，可以把注意力投回她身上。

「咦，你做乜陰陰嘴咁笑、好似好開心咁呀？」天韻應該在廁所補了妝，塗了紅色唇膏，顯得很精神。

做得好！等下被嚇到整個妝化掉，那種被糟塌的淒慘樣更讓我亢奮！

我不以為然答：「就快有得同你一齊入去玩咪開心囉。」

不得不說天韻的「摩擦力」強，我當然不會告訴她是我對運動美女色心起、情不自禁偷笑起來啦。

「咁仲等咩呀？」

「我哋過去櫃檯嗰邊問下先啦。」

櫃檯後坐了一位員工，帶我們來這裡的兩名面具男早已悄悄消失，大概未等我們脫下眼罩，就已直接從大鐵門離開了吧。

眼前是一名外國胖女人，黑眼影、鼻環、黑指甲油，連同播放著的重金屬音樂，一看就知她是個「Rock 友」。

我們問了是否可以開始進入鬼屋冒險後，她才一臉懶散地抬頭，要我們拿出證件和電郵確認函。

「今朝咪對咗囉……」天韻嘟嘴碎碎唸。

「嗰度有個 Locker，你哋要就用。」核對文件後把資料輸入電腦，胖女人頭也不抬，指向沙發和櫃檯間一個已發鏽的置物櫃拋了一句話。

那種陳舊的垃圾不知管不管用……

「咁我哋鎖好晒啲嘢係咪可以入去喇？」我指向櫃檯旁的木門問。

這才留意到門上一道一道凌亂刮痕，像是被小刀或指甲瘋狂抓破，大概又是另一種虛張聲勢的裝飾吧。

胖女人嫌煩般瞪我一眼，冷冷道：「未得呀。」自此沒再說一句話，也沒說明原因。

面對這種八婆，我每次都要強忍住把她打到半死的衝動——以我的身手絕對辦得到，只是如果因此而坐牢太不值才放過她們。

這時我開始想，難道這裡的人全部在等進入鬼屋遊玩？網站上明明寫著「每次只有兩名參加者」啊？

還是說這裡跟海馬公園一樣，每隔幾分鐘就放兩個人進去？後來我深深體會到，此刻的我遠遠低估了鬼屋殘忍的精心安排。

「嚟啦，等陣又濕水又剩，我諗都係擺低晒啲嘢落去穩陣啲。」天韻率先脫下手錶等隨身物品，連同手提電話，統統放到置物櫃內。

大概又過了十多分鐘，最後的參加者終於到來。這時我才知道原來一直等，就是要等人齊。

兩名被黑布蒙眼的白人男子從大鐵門被推了進來，身後兩個面具男（當然與帶我們來的是不同人）二話不說便關上大鐵門離開。然後聽到外面的鎖門聲。

脫下黑布後，兩人是對比很大的組合，可能是兄弟吧。其中一個褐髮藍眼的健碩男向我們露出燦爛的微笑打招呼，看起來三十幾歲；另一個深褐得接近黑髮的男生，一臉白淨的憂鬱書生型，沒看向我們，應該是那個陽光健碩男的弟弟。

整頓過後，胖女人走入木門，過了一陣子換了另一個人從裡面鑽出來。戴上詭異塑膠兔子面具的他，穿了一身筆挺黑西裝，招手請大家聚集過去。

在本來窄小的大堂，當我們一共八人站起來向著兔子男圍成半圓後，更顯擁擠，不得不身貼身地碰到站在兩旁的人。如果右側的人是運動美女而不是臭印度男就好了……

「歡迎大家嚟到 McKamey Manor！」與鬼屋毫不搭調地，兔子男開朗地歡迎我們，好像我們來的是迪迪尼才對。

當大家回答「哈囉」後，他唐突地湊近壓低聲音說：「依家係你哋最後一次離開呢度嘅機會，我勸你哋趁依家有機會就快啲走喇……」

自我介紹

兔子男此話一出，在場人士面面相覷，一時間驚訝得答不到話。

兔子男見狀輕輕一笑，儼如宣告剛剛那恐嚇的話只是開玩笑，大家馬上尷尬地跟著哄笑起來。醜陋的人類，為了讓自己看起來跟大家一樣聰明，爭先恐後跟隨大眾行動。

「等陣我會陪你哋一齊喺鬼屋入面冒險，多多指教！大家叫我 Bunny Man（兔子男）就得喇。」他誇張地向我們行了個鞠躬禮。

陽光男、書生男二人組聽完馬上一臉刷白，正在我不明所以時，天韻喃喃道：「唔係呀嘛……」

「吓？」我問：「做咩？」

可惜兔子男又開始說話，只好等有機會再問天韻。

「今日我哋要對足八個鐘，所以希望大家先互相認識一下。不如由你開始自我介紹吖？」冷不防兔子男指向站在半圓中間的陽光男說。

陽光男愣一愣後，再次展開友善的笑容，「早晨呀，我叫James，喺英國過嚟。同我同事一齊攞到大假出嚟玩，真係好興奮呀！」

Come on James?

相反，James的書生型同事很寡言，「你哋好，叫我Ethan啦。」

Ethan旁的印度女說：「我個名係Asha，我哋……」

「Tejal，」嚴肅的印度佬為免Asha「拋頭露面」似的，把發言權搶來，「我叫Tejal。我同我老婆Asha喺德克薩斯州嗰度開餐館，已經住咗超過十年喇。今次係專程嚟聖地牙哥玩呢個鬼屋嘅。」

垃圾大男人主義。我搖搖頭接道：「哈囉我係香港人Zach，職業係警察。」

「香港？」印度佬Tejal插口問：「即係澳門？」

「唔……」我話說到一半，卻被人搶答，「唔係呀，香港喺澳門隔籬，不過兩個可以話係完全唔同嘅地方。」

轉頭一看，是運動美女糾正Tejal。她的聲線很磁性。

「呀……嗯……」天韻來回望望我和 Tejal，才開始介紹自己，「我叫天韻。Zach 話想慶祝我生日，就帶咗我嚟美國玩。其實我好細膽㗎，希望你哋等陣高抬貴手呀。」說罷她紅著臉向兔子男微笑。

「你傻㗎，」我輕聲在她耳邊說：「你唔知鬼屋啲員工見你愈驚就愈係嚇你㗎咩？」

「吓唔係嘛！」天韻驚訝得叫了一聲，害原本正在說話的港男頓了頓望過來。

港男好像叫阿忠，接著我最期待的畫面出現了！運動美女！

「我叫綺淇，」她的態度冷冷，「聽到細佬話要一個人嚟旅行，唔係咁放心，就跟埋過嚟。」

原來阿忠不是她的男朋友！這下可好辦了！

「多謝大家咁合作！」兔子男歡愉地拍拍掌，「跟住落嚟我會提醒大家入到去要注意啲咩，之後就可以入去玩喇！

相信鬼屋嘅生物（我發覺他們喜歡用『生物』來形容鬼屋的員工）接大家嚟嗰陣已經講得好清楚，有咩嘢唔可以帶入去，如果大家身上仲有嘢未放低，依家好放喇。因為等陣遊戲開始咗，無論你係跌咗相機定手機定任何嘢，我哋都唔會停落嚟等你搵返㗎。

生物們係會同大家有身體接觸，但你哋千萬唔好搞佢哋，否則會受到各種各樣嘅懲罰，而事先係無任何警告。你哋係八人為一組咁進行遊戲，中途唔可以離開，全程大概八個鐘……」

「等陣！」陽光男 James 大聲打斷兔子男，「我有問題！」

兔子男聳聳肩，用手勢示意發問。James 問道：「你哋又話每次得兩個人入鬼屋，點解嚟到又話八個人㗎？」

「我哋每年轉一次主題，之前嘅主題都係兩個人就夠。不過我哋發現如果得兩個人，個遊戲會太快完，所以由今年起，每次多啲人一齊玩，大家又唔使排咁耐隊先入到嚟鬼屋。」

多人可以玩久一點？是指人多可以壯膽，參加者「戰鬥力」可以更持久的意思吧？

兔子男望望我們，繼續他的話，「遊戲期間只要跟從我哋嘅指令去做，就可以成功出返嚟喇！依家會派生死狀畀你哋簽名，再提醒一次，入面嘅生物會盡情折磨你哋，絕對唔似其他鬼屋咁友善。呢張生死狀就係確保你哋唔會追究喺入面發生嘅事，希望你哋睇過晒我哋放上網嘅宣傳片，已經做好晒心理準備。」

說罷他後退一步敲敲木門，胖女人再次登場。慢條斯理地把一疊黑色塑膠板丟給最接近的阿忠後，一臉不高興地轉身回櫃檯坐下。這女人是甚麼回事啊？

阿忠默默取了一塊，把其他傳給綺淇，如此類推。我拿到所謂的生死狀，其實只是一張黑白打印紙和原子筆夾在簽名膠板上，有如在街上填的問卷調查。

這樣的生死狀給人感覺既廉價又馬虎，可見裡面的生物恐怖程度有限啦。

「寫完我哋就入去喇！麻煩簽完嘅就排喺木門前面先，一個跟一個。」兔子男揚揚手。

一、兩分鐘後，我們八人乖乖排好。我把握好時機跟在阿忠後，他前面是綺淇，我後面是天韻。

「好，我哋第一站係『恐怖屋』，不過大家唔使緊張，間房咩都無，只係畀大家平靜一下心情先。生物們會幫大家戴上眼罩先入去。記得呀，入咗呢道木門之後，就係遊戲開始嘅時候，無論你哋有幾驚，我哋係唔會放大家走㗎！」

站在最尾端的 James 興奮地高呼道：「Yeah！當然啦！」

「呀！好驚呀！！！」天韻也跟著未出發先興奮叫囂。

我想問兔子男：如果不聽從鬼屋生物的指令，是否不能出來——即使超過八個小時？

兔子男傳說

「The Bunny Man（兔子男）喺美國，幾乎算係人人都聽過嘅都市傳説……」天韻絲毫不受環境影響，徐徐把陽光男二人組聽到兔子男自我介紹後，臉露驚慌的原因告訴我。

雙眼再次被遮蓋，眼前漆黑一片，聽覺和嗅覺則變得敏感。我們八個「盲人」猶如在玩「火車甎山窿」般，一個接一個，後面的人把雙手放在前面的雙肩上，一步步小心向前慢慢移動。最前方應該有人帶路。

聽到木門被打開的聲音，會有怪物跑出來嗎？

「……應該發生喺幾十年前，」跟在我身後的天韻好像少一根神經似的，完全不怕有生物來捉弄我們，開始講述「兔子男」的都市傳説，「精神病院有兩個逃走咗嘅病人，警方最後淨係搵到其中一個病人嘅屍體，佢俾人劏開咗、冇晒啲內臟、吊咗喺隧道口上面，屍體口入面有張以兔子男為署名嘅紙條，隔籬亦搵到一啲兔仔屍體。」

穿過木門後很涼快，應該是開了冷氣。整個空間充滿各樣機器運行的聲音：類似在機房聽到的風聲、機器零件碰上零件發出有節奏的「*嘔嘔*」聲、高頻率的「*吱吱*」聲……搞甚麼鬼啊！一間鬼屋需要用到這麼多機器嗎？

「之後陸續有唔少嘅兇案喺美國呢度發生，」天韻續說：「每次屍體都俾人劏開晒、隔籬有兔仔屍、有紙條，但係從來無人見過兔子男真面目，警方亦一直拉唔到兇手……」

原來一直有偷聽天韻說話的阿忠在前面搭訕，「呻！其實咁多單案都唔一定係同一個人做㗎啫！講到懶恐怖咁。」

「吓！」天韻聲音抖震地道：「如果係好多人做嘅話咪仲恐怖？」

忽然背後竄來一陣涼意，假設之後的兇案是由不同模擬犯犯下的話，則表示兔子男們多到可以組成一隊殺人軍團！而且這班變態殺人犯隨時還在四周繼續行兇……

阿忠不禁驚呼：「其中一個可能就係喺我哋身邊呢條西裝友！」

「哈哈。」隱約聽到前方傳來乾笑聲。是綺淇嗎？

「好啦，我們到咗『恐怖屋』喇，」兔子男的聲音發自前面不遠處，背景音樂是開到很大聲的重金屬音樂，他要扯高嗓子說話：「大家唔好除低眼罩，好好喺入面平靜一下啦。」

甚麼鬼啊……

接著由生物們帶領我們步入所謂的「恐怖屋」，由於音樂聲太吵耳，完全聽不到關門或其他聲音。只感受到旁邊的人氣，估計我們八個現在是擠在很小的空間裡。

音樂隨後轉為人的哭聲、尖叫聲，忽然又傳來歇斯底里的吼叫……就這樣而已？只是聽著這些聲音讓我們「平伏心情」？

此時我對鬼屋很失望，原來網上一直說到有多恐怖的鬼屋也不外如是……

左邊有人說話（應該是綺淇），她繼續剛剛的話題，「你哋咪自己嚇自己啦，邊有咁多都市傳說吖。而且如果呢邊呢個真係其中一個兔子男嘅話，除非佢一直忍住唔殺人，如果唔係警察一早拉咗佢啦。」

果然聰明的她與我想法一樣，自稱為兔子男只是鬼屋裝腔作勢的其中一招而已。

嘈吵的背景音樂倏地終止，話題也跟著說到這裡便結束了。

而我則在這一刹發現了「恐怖屋」的秘密！

不曉得同行者有沒有跟我一樣感覺到，我們正身處升降機裡，而非房間裡！可能升降機上升時太穩定，我一直沒有感覺到，可是當它到達某樓層停頓時，我確切感受到（即使只是那麼一點點）升降機頓一頓時的搖晃！

兔子男用「恐怖屋」來包裝、沒告訴我們要坐升降機、不讓我們走樓梯的原因，是不想我們知道這裡是一座很高的建築物！更甚者，他們想隱瞞建築物的層數！

以剛剛等待的時間來推斷，這裡至少有十層樓高。如果在聖地牙哥市中心也罷，可是在郊區有如此高的大樓，一定招來不少注意，幾乎等同暴露了鬼屋的位置。離開鬼屋之後，只要上網搜尋位於距離市中心兩小時車程的郊區大樓，或多或少就能猜到鬼屋在哪裡。

然而，為甚麼他們要安排接載，又如此費神去隱瞞鬼屋所在呢？絕非為了營造神秘感這麼簡單的原因。

再進一步推理，假設這裡有十層樓高，我們最久要待八小時的話，即是每一層我們起碼要「玩」一小時。一般鬼屋頂多十幾分鐘就能出來，這裡到底有多大，可以讓我們耗上一個多小時？

「喂！」某個生物粗魯地從背後推我，要我離開升降機，「行啦！」

「大家可以除低眼罩喇！」兔子男興奮的聲音從喇叭傳出來，「**遊、戲、開、始！**」

「呀！做咩呀！！！」此起彼落的尖叫聲瞬間爆發！

蛆蟲怪人

兔子男宣告遊戲開始的瞬間，我還未來得及脫下眼罩，已經被人強行拉走！

「邊個！」我趕急一手撥開來者，一手扯下眼罩。碰到來者時的觸感很奇怪……應該是對方的手肘，整個黏答答令人很不舒服！對方該不會是人以外的生物吧？

用了幾秒時間讓眼睛適應環境的光線後，我發現自己在類似實驗室之類的地方。不見兔子男蹤影，大概自離開升降機後悄悄退場，透過咪高峰和喇叭跟我們溝通。

這裡很暗，只有微弱的地燈勉強照住地面，我們才不至於被地上的物品絆倒。周圍相當凌亂，雜物滿地皆是，幾個櫃子放得東倒西歪，一時間找不到方向，不知道該往哪裡逃跑。

要逃跑是由於突然有一大群「人」從四方八面向我們襲來！他們幾個圍一個地把我們分散，像是要把我們押往哪處似的捉住我們。

嚇得我們瘋狂亂叫的是他們的長相！

「他們」是由人類裝扮成沒錯，是人類。可是他們的身體佈滿密麻麻、白色、疑似是蛆蟲的物體！一陣惡臭瞬間撲來！像是出汗時聞到的酸臭味，可是這種惡臭卻濃烈得多。

本來以為他們只是把塑膠造的假蟲貼在身上，但仔細一看，蛆蟲竟然在蠕動，而且不是「在他們身上」如此簡單，而是確切地從他們身體裡鑽出來！

「哇！屌！乜撚嘢嚟㗎！」阿忠叫道。
「WTF！」James 失聲吼叫。

外國人果然很敢玩！把真的蛆蟲放在自己身上，當完成嚇人任務之後撥走，是這樣嗎？

「唔好俾啲蟲爬上身呀！」混亂中聽到綺淇大叫：「呢班人都俾啲蟲咬到傷晒！」

神經病！血跡斑斑的員工身上確是有一塊塊疑似是傷口的痕

跡！

原來他們黏答答的原因正是這個！表層皮膚和肌肉組織被蟲蠶食過後，潰爛的傷口仍在流膿滲血，我剛剛碰到的正是他們血液混合膿液的分泌物！

正是這種油油的白色汁液溢出濃烈惡臭，瀰漫整個室內。

慢著，其實只要化妝技巧夠厲害，任何類型的傷口都可以弄得很逼真。在這麼昏暗的環境下，難以判別傷口是真是假。臭味液體也不難製造出來。

我安撫大家叫道：「假㗎！唔使驚！」

以我所知，一般蛆蟲只會啃食腐爛的肉塊，不會吃健康的肉，試問誰會為了扮鬼而先讓自己身體腐爛？再加上一個人如果全身腐爛如此，早就攤在地上動彈不得啦。

想到這點，我不禁苦笑，只能佩服外國的鬼屋比香港的更認真、仿真度更高……

「咕嚕咕嚕……咕嚕……」一如其他鬼屋的鬼一樣，蛆蟲人是不能正常說話的，只能發出這種無意義的叫囂。

我瘋狂推開蛆蟲人們伸出的雙手，期間不免碰到他們的軟爛傷口及沾上濃稠的汁液，有幾條蛆蟲更附到我的手上來！

「妖！死撚開啦！」彷彿這種潰爛是會傳染一樣，我趕緊撥走小蟲。

聽到天韻已經嚇得六神無主、亂叫起來。真氣人！為甚麼不把燈光打開，讓我好好看清楚天韻的狼狽樣！

「呢邊呀！過嚟啦！」印度男 Tejal 的聲音從左側傳來。我忍住嘔心的感覺推開蛆蟲人跑過去。

「天韻，跟住我！」我頭也不回地大叫。

繞過幾個高身櫃後，整個空間頓時明亮起來。光源主要來自印度夫婦背後、裝有展示燈的陳列櫃。

奇怪的是，蛆蟲人並沒有跟著過來。是設定成怕光的體質嗎？

見狀我拼命跑過去，甩掉身後行動緩慢的蛆蟲人。老實説他們除了嘔心之外，沒甚麼威脅。

「呢啲又係咩嚟㗎？」很高興聽到綺淇的聲音，她已經冷靜下來，指向陳列櫃。

我們現在身處於一個沒門的方形空房裡，兩個陳列櫃中間好像有個通道入口，不過由於裡面沒開燈，所以看不到通往哪裡。

每個陳列櫃大概有一米闊乘一米高，各有四層，每層木製隔板下裝有照射燈，把放在裡面的東西照得一清二楚。

手？還是腳？

一個又一個有蓋的大玻璃瓶子擠在架上，每個瓶子裡各放了一些假的人體斷肢。倒不是一般鬼屋見到那種浸滿假裝是防腐液的水，裡面再放各種偽造的器官。這櫃子放的都是大小不一的假人肉塊。

「呢啲係咪嚟自人類身體嘅？」Ethan 在我旁邊喘著氣問道，他和 James 比我晚趕到「安全區」。

阿忠擦拭身上沾到的假血說：「一睇就知假嘅啦。」

「佢哋斬到一嚿嚿，可能係豬肉都唔奇嘅。」綺淇補充。

「老公，」Asha 驚訝地指向其中一個瓶子說：「你睇下！」

隨她手指看去，瓶子裡除了有塊腐肉外，還有東西在蠕動。

「頂！」我立時踏踉後退，「又玩蟲？！」

細心留意之下，發現原來他們要展示的不是腐肉，而是以「人肉」為食的各類昆蟲！每個瓶子裡的蟲大小、顏色不一，可是由於在肉塊裡鑽來鑽去所以一開始沒發現。

有些黑色、滑溜溜的，應該是水蛭。可是其他絕大部分我都叫不出名字，也從沒見過。有個瓶子裡的肉塊上佈滿了大小一致、很小顆、肉瘤似的灰黃色小圓球體，這種密集型的蟲子雖然一動不動，卻令人看了有種很不安的感覺。

「呢度啲嘢做得好逼真……」阿忠把我心裡的想法道出：「好似呢啲蟲咁，要做到佢哋真係好似吸緊血、食緊肉咁，實際上就要成日搵新鮮肉嚟餵先得……又可能係扔其他食物落堆假肉度，搞到啲蟲好似食緊肉咁。」

我聳聳肩，不置可否。

我們才進來不過幾分鐘，這裡一切人物、道具看起來疑幻疑真。我心底的想法是：其實也不是像網上宣傳得如此嚇人恐怖罷了。

這幾分鐘卻是整個「遊戲」中最幸福的環節。我從來沒想過，在這裡發生的事竟然會愈演愈烈，直到發現自己是溫水裡的青蛙、想要奮力逃離鬼屋時已經太遲……

「咦，等陣。」James 左右望望，「我哋係咪少咗個人？」

……

……

……

「仆街！」我失聲大叫：「天韻唔係跟住我㗎咩？」

暗黑通道

正當我慶幸沒被蛆蟲人抓走、走到「安全區」時，才發現天韻竟然走失了！

眾人的焦點落在我身上，暗示我該出去把天韻帶回來。一不小心跟綺淇憂心忡忡的雙眼對上了，加上我知道如果此刻叫大家不用理天韻繼續走的話，他們一定從此看不起我，而且蛆蟲人沒甚麼殺傷力，我好像沒有理由不回去救她。

衡量過後我調整表情，儘量表現得很擔心天韻地說：「好，我去一去就返，你哋等埋我哋先行呀！」

心裡默默給了我掌聲吧！他們一定視我為英雄般偉大英勇。

我昂首闊步地往剛剛那惡臭黑暗處走過去，大叫：「天韻！」

走了一陣子，終於聽到她的慘叫聲，蛆蟲人們正拉扯她往安全區的反方向走。由於天韻身型嬌小，被蛆蟲人們組成的腐肉牆圍住，我根本看不到她。

「係咪 Zach 呀！快啲嚟救我呀！」

這裡起碼有二十個蛆蟲人，雖然他們故意不使力，不過要身貼身擠往他們的中間去救天韻，貼身感受那些熱呼呼又潰爛的傷口，實在很噁心。

結果我和天韻滿身沾上蛆蟲人的假血和白色汁液，發出強烈惡臭地成功回到方形房間裡。

「你點呀，無事吖嘛？」Asha 上前用自己的衣服，替被嚇呆的天韻擦掉臉上的污漬。

呼吸急促的天韻衣領低低，胸口隨呼吸而起伏不斷，滿頭是汗的她顯得格外性感。

我呑呑口水，把心裡奇妙的想法直說：「唔知點解，頭先班人好似無惡意……點講呢，反而覺得好似想帶我哋唔知去邊度，但又無心要嚇我哋咁。」

「點會呀！」Tejal 憤怒地瞪著我，可能不喜歡被嚇倒吧？他續道：「佢哋整到咁嘅衰樣仲唔係有心玩我哋？」

往後他的態度亦同樣如此奇怪。很明顯他是個非常膽小的人，每次被嚇後都會表現得很生氣，似乎是被逼來參加鬼屋之旅。可是 Asha 卻是一副小女人的模樣，不像是會逼他來的人。

「好喇，我哋繼續行啦。」綺淇說：「話唔定行快啲可以唔使八個鐘就出到去呢？」

鬼屋要利用的正是這種心態。好奇，但又要怕，真正進入鬼屋後卻想趕快離開。

「頭先蛆蟲人嗰度無其他路行，淨係得回頭路。」我說：「我諗我哋只得一條路可以行。」

我直指兩個陳列櫃之間那條又黑又窄的通路。

「呢條似係罅仔多過係一條路喎！」阿忠說。

James 認同我道：「呢度勉強夠一個人行，我哋一個跟一個入去啦。」

不知道為甚麼，大家再次把視線集中在我身上。是見我救了天韻，所以認為我該負起帶頭冒險的角色？還是說覺得警察會比

他們膽大？

好吧，反正頂多又是用嘔心的東西來嚇嚇人罷了。

我站在路口窺探，通道窄長，盡頭有一點點光源，不過不足以照亮通道，入面到底會有甚麼呢？

「等陣有咩事我會叫你哋調返轉頭，你哋唔好塞實晒唔走呀，如果唔係前面有嘢衝過嚟，我會俾你哋夾到無路走。」我先提醒眾人，再邁步進去。

我刻意不碰到左右兩邊牆，小心翼翼地向前行。

「你哋覺唔覺得隻腳有啲痕呀？」走了沒幾步，跟我隔了幾個身位的綺淇問。記憶中她跟天韻一樣穿短褲布鞋。

「呀！」殊不知 Asha 大叫：「牆上面有嘢呀！」
「有咩嘢呀，唔好大驚小怪啦！」Tejal 責罵。

Asha 沒答話，大概默認自己太敏感吧。

默默地走著，我們愈來愈接近另一端的通道口，外面的光源照亮了通道兩旁，這下總算曉得通道是甚麼一回事了！

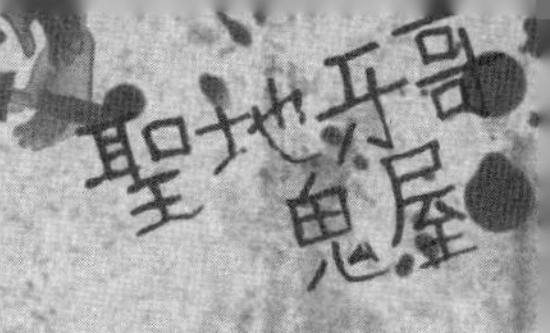

首先是英俊書生 Ethan 發現：「James！好似有嘢躝咗入我條褲度呀！」

「呀！ Zach 呀！」天韻在我耳邊吼叫。

後面的人同時大叫起來，其中聽到有人叫我：「走呀！唔好停喺度呀！」好像是排尾二的 James。

「跑呀！」說畢我往出口拔足狂奔！因為這條通道又是蟲！

後來我們討論過，認為他們把整座鬼屋劃分為多個不同主題區，愈深入的區域，驚嚇程度愈高。目前身處於驚嚇程度最低的爬蟲類區，可是已經令我們極度不安！

借助外面射進來的光線，我見到整條通道的地板、左右兩側的牆上、天花板，統統爬滿密麻麻、該死的美國蟑螂！全是龍精虎猛、活生生的蟑螂！

起初我只見到黑色一團團的昆蟲，隨著往前跑，光線愈漸變強，牆壁因蟑螂反光而顯得光亮亮，加上感受到我們急速移動，更嚇得牠們瘋狂亂竄，我現在才見識到美國蟑螂的恐怖！

比平時香港見到的不一樣，牠們似乎不會飛，可是這絕對不會減輕不安感。每隻約有五分一手掌之肥大！背上一道一道的橫紋，根本是巨型怪物！

我不知道鬼屋用了甚麼方法，能讓這樣多蟑螂留在這條通道上，當然不排除很多已經往外竄走了，可是通道沒門沒鎖，為甚麼牠們會選擇聚集在此處？

「屌！前面嗰啲人跑快啲啦！」Tejal 忍受不住，從後推撞天韻，連帶站在天韻前的我也被撞了一下。

然而惡夢現在才開始。

「你哋聽唔聽到有聲呀？」天韻的聲音聽起來快要哭了。

彷彿是機器運行的聲音，自天花板發出。我抬頭望上去……

「屌！」我大叫。
「唔撚係嘛？！」阿忠失聲叫道。

天花板的暗門慢慢打開，一定有更恐怖的事發生！

「跑呀！」綺淇忍不住大喝一聲！

總算跑到通道口，外面一片明亮！正在我差一步就可以逃離這個鬼地方的一刹……

「嘭！」我撞上一道透明牆！

我估計這是以防彈玻璃之類的物料而造的玻璃幕牆，可以看到外面，卻無法打碎或攀過去！

由於整隊人正高速狂奔，排最前的我這樣被逼急停，被後面一個壓一個地往前面撞去，而最受苦的，正是被壓在玻璃幕牆和人群之間的我。

「唔好再撞喇！」天韻哭腔道。
「前面咩事呀！」Ethan 大聲叫道：「呢個時候唔好停呀！」
「有嘢擋住行唔到呀！」我痛苦地哀叫。

暗門繼續打開。

三、
二、
一！

毫不留情地，天花板開出了一個大洞，成千上萬的蟑螂從上面跌下來！

我絕望地大力敲打絲毫無損的玻璃幕，掉下來的大蟲擊打著我的頭頂和肩膀；無數蟑螂從衣領、袖口、褲腳竄到身上！

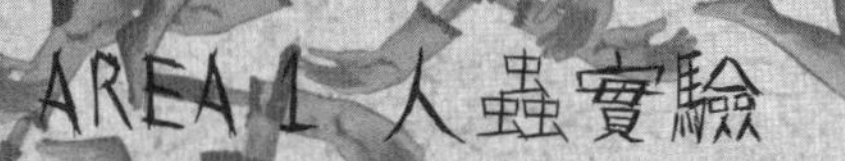

蟑螂在皮膚上爬來爬去那種癢癢的觸感令人很難受，毛毛的感覺頃刻叫我直打冷顫。

「嘔……嘔嘔！」身後傳來某人的嘔吐聲。

「Asha！」Tejal 緊張地大叫，「Asha 暈咗呀！救命呀！」

這是今天第一次聽到的求救，也是我們第一次見證鬼屋不顧我們身體狀況，去做他們想做的事。然而，被困於絕路的我們，又能拿他們甚麼辦法？

蟑螂持續掉落，地上堆積起一層又一層的蟑螂，相信數量已經足夠「浸」過我的腳踝位置。

女士們嚇得只管狂叫和不停跳來跳去。我用手虛掩嘴部，以防開口說話時蟑螂會爬入嘴巴，「前面有塊玻璃幕牆頂住咗走唔到呀！走返轉頭啦！」

排在最後的 Ethan 回話：「試咗喇，行無幾步就行唔到，應該同你嗰邊一樣有塊嘢頂住咗！」

說明了他們有監控鏡頭，見到我們踏入指定範圍後，悄悄把置在頂端的玻璃幕牆降下，牢牢把我們關在裡面！

James 說：「再係咁落去，啲曱甴會唔會多到淹沒晒我哋

㗎？」

我們亂叫亂跳期間已經打死了不少蟑螂，爆出的漿糊狀液體有一陣混合青草的臭味。

「放我地出去呀！」Tejal 怒吼：「唔好再玩喇！」

「恐怖蟑螂雨」無先兆地忽然停止，可是玻璃門還是一動不動。

「其實我呢邊睇唔到出面有啲咩，」我恢復冷靜後道：「出面係一塊白身牆咋。」

「吓？」綺淇問：「講清楚啲啦！」

我撥開身上的蟑螂，說：「呢度出去直行或者轉左都係塊牆，無路走。右邊就應該通嘅，不過睇唔到嗰邊咩情況。」

我意圖暗示的是，即使離開了這裡，會不會又是另一個地獄？

「Zach……」天韻弓起身體、手捂住口道：「我忍唔住……喇……」

靠！不是吧！

「嘔……」天韻向旁邊大吐起來，和她接近得身貼身的我無可避免地被嘔吐物濺到。

「屌！」天韻身後的Tejal當然也沾上嘔吐物，怒道：「死撚開啦！」

倏地，玻璃幕門無聲地往上升起。奇怪……

「走得喇！」我率先衝向光明乾淨的外面，急速轉右跑後，來到房間的入口，所幸房門打開了，我順利跑入房間裡面，呼吸新鮮的空氣！大家陸續跑過來，不過仍未能鬆一口氣，因為我們要清理纏在身上的臭蟑螂！

見男士們毫無猶疑地把上衣脫掉，天韻居然跟著做！可惡！這些機會是屬於我的！只屬於我的！

我厲聲問：「天韻你做咩呀！」可是我只顧要把大型蟑螂趕走，沒空出手阻止她。

一臉病容的天韻把背心扔在地上後，雖然沒把白色胸罩脫掉，卻用手扯開以騰出一點空隙，好讓另一隻手伸入去把蟑螂抓走。

若隱若現的豐滿胸脯呈現在我眼前，看得我目瞪口呆。

我吞吞口水，我敢保證在場所有男人也目不轉睛地直睜大眼！在如此異常情況下受到刺激，我的胯下不禁硬挺起來！

與此同時，我們差不多清理好身上的大蟲，倒是再沒有蟑螂從外面走入來，相信我們離開走廊後玻璃門再度落下。

聽到 James 誇張地大叫：「呢度又想點呀？」

我們來到一間設有八張椅子的人體實驗室。

幸運兒

打從進入鬼屋木門、揭開眼罩那一刻開始，我推測我們來到了實驗室。

剛才在蛆蟲人區，已看見滿地針筒、玻璃燒杯和試管等等，總之以前中學做科學實驗時看過的器材統統都有，雜亂無章地被亂扔在地上。

不過我相信那些是仿製品，不然我們驚慌地跑時不就會被針筒刺傷嗎？他們應該不敢這樣。

而離開「恐怖蟑螂雨」進入這裡後，為甚麼我一口篤定這裡是人體實驗室，而不是普通的科學實驗室？

首先這裡與普通的實驗室沒太大分別的是：燈火通明、周圍擦得乾淨光亮、打理得井井有條，相當整齊。然而冰冷的房間彷彿宣布，現在只是暴風雨來臨前的平靜一樣，各樣擺設令人感到毛骨悚然。

長方形房間裡最搶眼的是放置於左右兩排、各四張並列的椅子。

驟眼看那些椅子，只是有四個滾輪、附有黑皮軟墊的椅子，可是只要多看幾秒，不難留意到它正處於折起的狀態。設有頭部、肩及腰部、腳部三個部分的它，可以任意攤平，成為一張手術床！

如同要印證我幻想的恐怖畫面一樣，椅上各部位更分別纏上固定用的綁身皮革帶！

「一、二……」天韻後知後覺地數數，「有八張凳呀！唔係諗住逼我哋一人一張呀嘛？」

James 和 Ethan 打了個眼色後，二人馬上直衝向我們剛剛進來的入口處。想逃跑吧？

可惜事與願違，外面好像有人早預計到會這樣，趕緊把大鐵門關起來、上鎖。

正當我們跑去房間另一邊的出口時，以下事情就發生了！

一群身穿手術醫生服：藍色短袖 V 領上衣和藍色長褲、戴上白色塑膠頭套和手套、因戴著口罩而看不清楚臉的神秘人從另一個出口湧進來，硬生生把我們推往手術床上。

我被三個神秘人圍起來時，聽見 Tejal 嚴重警告他們：「我唔玩喇！我老婆暈咗！有咩事係咪你哋負責呀？」

由進入房間起，他就把 Asha 放在手術床上，在旁悉心照料她，只是她仍未醒來。

不出兩三下功夫，我們八人全部已被綁在床上。這時我們仍未懂得奮力反抗，是因為未意識到事情的嚴重性。

部分醫生離開房間，剩下五人默默分散地站立，沒有進一步行動。其中有兩個醫生走到 Asha 床邊檢查她狀況。

「佢哋究竟想點呀？」James 大聲問。

我們被手術床鎖死無法行動，不過頭部仍可自由扭動，Ethan 望向房間角落處道：「James，你睇唔睇到嗰度呀？」

綺淇試圖擺脫手術床的綑綁；阿忠問：「嗰啲唔係真嘅嘛？」

角落有一架手推活動車，上面一個不鏽鋼盆裡載有十數把手術刀。

房間正中央沒放任何物品，天花板裝了兩大盞圓形手術燈，甚至設有活動臂讓人任意調較高度和角度。

「呢度做到好似真嘅手術室咁呀……」旁邊的天韻好奇地打量著放在她旁邊另外兩台活動車。

兩台活動車各有五層隔板，裡面放有林林總總說不出用途的機盒和電線，連接到最頂層的顯示屏。像極出現在電影裡的手術室，用來監測病人心跳及血壓等生理狀態的儀器。

「與其話呢度係手術室……」我嚥一口口水，續道：「不如話呢度係用嚟做人體實驗。」

「你唔好亂講嘢嚇人啦。」綺淇冷靜地瞪著我，她被綁在我對面。

「手術係幫『Patient』做嘅，」我說：「『Subject』應該係指實驗對象啦。」

對面四張手術床背後，牆上分別貼有由「Subject 5」至「Subject 8」的紙張。相信我們這邊則是「Subject 1」至

「Subject 4」，意味著我們八人是實驗對象，鬼屋還蠻懂製造恐佈氣氛呢！

房門再次被打開，一名姍姍來遲的醫生踏入，看來他是這裡的老大。

「咳咳，」人聲伴隨刺耳的喇叭雜音響起，「大家好嗎？又係我，兔子男。」

「屌！」Tejal 大叫，看來因沒法離開而生氣。

「等我為大家介紹一下，眼前呢一位係我哋嘅昆蟲類及爬蟲類專家，Doctor Justin Hadden。」兔子男突兀地吹了一下口哨，「佢一直醉心研究人蟲合一呢個最神聖嘅境界，等陣我哋就會見證到。」

這時 Doctor Hadden 流露著慈父般的溫柔眼神，感覺到他正微笑。

「乜鳩嘢人蟲合一呀？」James 問。

兔子男沒回答，繼續歡樂地道：「依家我哋先嚟個少少嘅熱身，唔該！」

憑他對現場的掌握程度來説，我估計這裡設有收音器和攝錄器，他能即時聽到和看到實驗室裡的情況。

兔子男語音一落，一個巨型玻璃箱自外面被送進來。

「哇黐撚線！」Ethan 叫道。

「係咪假㗎！」天韻喊著。

一條起碼有十米長、至少有我大腿一樣粗的大蟒蛇正躺在裡面。而我見到它正在動！

「放我走呀！我哋唔玩喇！」Tejal 扭動著身體，當然沒人理會他。此時，兩名醫生檢查完 Asha 後默默走開，大概是無大礙吧。

「喺你哋八個人當中，」兔子男説：「會抽出一位幸運兒俾大蟒蛇活活生吞！」

「恭喜你，Subject 4。」他補充道。

大蛇吞活人

「講笑咋話！」阿忠不相信兔子男的話，認為他只是開玩笑。

阿忠對天花板大叫道：「如果你話要活生生，俾條大蟒蛇吞

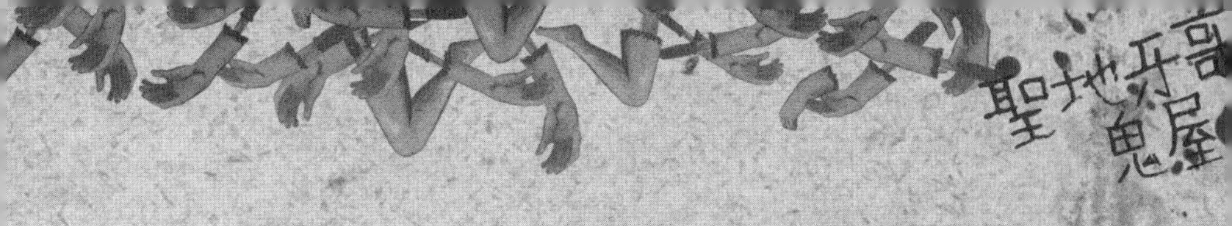

落肚只係一個熱身，咁你講咩『人蟲合一』又係乜撚嘢？」

他當然不擔心被蛇活吞，因為他知道兔子男說的「幸運兒 Subject 4」不在他們那邊，而是在我們這邊！

James 反抗道：「我要求終止呢個遊戲！我上網睇過晒你哋啲片，裡面只係俾啲蟲喺塊面度躝嚟躝去，根本無頭先嗰度成堆甲甴咁恐怖，依家仲要咁樣，已經超過晒我嘅底線！」

斯文的 Ethan 厲聲附和，「而且我哋只係嚟玩，唔係嚟送死！」

「我要報警！」Tejal 認真提出要求。

「佢講嘅俾蛇吞，係咪食字咋，唔係真係要我哋俾條蛇食落肚呀嘛？」綺淇沉住氣，有所保留地提醒大家冷靜。

也對，畢竟謀殺……不，是殘殺。他們這是在犯罪啊？區區一間鬼屋，怎麼可能玩得如此誇張？

「你哋放心，」兔子男以醫生勸小朋友打針不痛的語氣溫和道：「我哋當然唔會俾你哋咁快死啦，你哋睇下 Doctor Hadden 為大家準備咗啲咩嘢？」

「『唔會俾你哋咁快死』？」阿忠瞪大雙眼重複，「你唔好再講笑啦！我已經驚到死㗎喇！」

我想看我背後的編號，努力把頭向後擰，卻被手術床頭墊擋住，無從得知。我們這邊的坐位順序是：Tejal、Asha、我和天韻，只要知道自己是 Subject 2 還是 3 號，就推理到 Subject 4 是 Tejal 抑或是天韻。

鐵門再度被打開，兩名戴上面具、身穿黑色短袖 T 恤和牛仔褲的員工把一個活動式衣架推進來。與今早接載我們的人不同，他們戴的是出現在電影《恐懼鬥室》裡面，那經典恐怖人偶面具。

被推進來的衣架上，掛有幾件說不出風格的上衣、連身衣和類似頭套的物體。

「如你哋所見，呢個熱身係唔會傷到任何人㗎。我哋只係想睇下，呢條蛇夠唔夠大吞落一個成人，順手裝個攝影機，睇下蛇入面係咩樣啫。」兔子男說得輕鬆，「呢啲防護衣可以防咬、防酸、防壓力，而且我哋會一直監測 Subject 4 嘅生理跡象，一有危險我哋會拉返佢出嚟！」

所以只是讓人入去蛇肚，不是真正要被它吃掉？

我再仔細打量衣架上的衣服，其中有幾件看起來相當堅硬的鋼化背心盔甲和四肢護甲，相信是用來防止被大蟒蛇用其身體緊纏，而掐碎骨頭造成內傷；旁邊有件閃閃發光、由金屬細絲製成的連身保護衣，應該是防止大蟒蛇用牙齒啃咬吧；剩下來塑膠材質的衣物相信是降溫用（大蟒蛇體內很熱），以及防胃酸等等……

衣架上還有一個類似防毒面具的面罩，看來可以隔絕胃酸和毒液之餘，亦讓人可以保持呼吸暢順；一個與背心盔甲同樣是鋼化材質的頭盔，我猜想它是用來包裹在防毒面罩外圍，避免被大蟒蛇壓碎頭骨。

想像 Subject 4 將會被套上一層又一層的保護衣物連手套腳套，再戴上面罩和頭盔，鬼屋確實為 Subject 4 由頭到腳也做足保護措施，看來這個所謂人體實驗的熱身，其實很安全啊！

「Oh yeah！好消息係，條蛇無毒㗎！」兔子男快樂地叫嚷：「咁究竟邊個係 Subject 4 呢？」

對面幾個人應該看到我們這邊的號碼，我們沒人敢開口問，猶如想推遲判死刑的時間一樣。

天韻！拜託一定要讓天韻當選！

我努力保持平靜的表情，其實內心已經莫名興奮地嚎叫起來！既然沒有生命危險，我衷心希望受苦的人是天韻！她痛苦的悲鳴聲可以使我重新振作起來！而且她那楚楚動人的猙獰表情最能讓我瞬間有反應！

拜託！

「唔該！將我哋嘅主角推去中間！」兔子男說。

兩名面具人慢慢接近我們，眾人緊張得不敢發聲，我甚至聽到自己的心跳聲。

最後，他們停步。站在天韻面前！

Bingo！我差點大叫大笑出來！哈哈哈！

「吓！」天韻五官皺成一團，在我眼裡倒是一臉嬌嗔，「唔要呀！」

這時 Doctor Hadden 徐徐走到她面前，看進她雙眼問：「你願唔願意接受呢個光榮？」

「黐鳩線！」阿忠大叫：「梗係唔肯啦！」

見天韻呆若木雞，Doctor Hadden 柔聲引導她回答，「你呢個答案，會影響到下一個環節㗎。」

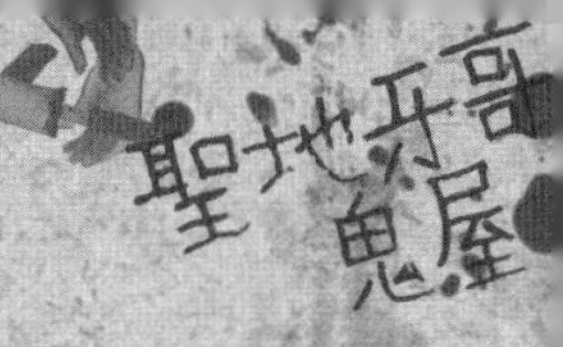

甚麼？他這是甚麼意思？

天韻終於崩潰了！淚水自她眼眶湧出，身體猛烈打震。她哭著說：「唔好呀！我唔玩喇……我想返屋企呀……」

天呀！太棒了！如果此刻她跪下來、苦苦哀求的對象是我，我一定興奮得笑個不停！

忽然我感受到被某人目光注視著，原來旁邊的Asha在我們不察覺下醒過來了。

啊，對了！現在不作聲的話，大家一定覺得我很奇怪。

「你哋放過佢，」我裝出英雄救美的姿態大聲道：「等我代替佢！」

我會這樣說，是出於我肯定鬼屋絕對說一不二。像他們一開始說好了不讓人中途結束遊戲、離開鬼屋，而當Asha昏倒後，他們確實沒有終止遊戲。所以他們指定了天韻要被蛇活吞，絕不會准許由另一個頂上。

之不過，兔子男竟然拋出一句讓人始料不及的話。

「唔使心急，下一個到你喇。」

吓！WTF！？

三號實驗者

沒多餘時間讓人思考兔子男的話，四面玻璃幕已再度登場，在實驗室正中央無聲下降，我便知道生吞表演要正式上演了！

實驗室中央除了有被玻璃幕牆圍起、仍留在玻璃箱裡的大蟒蛇，還有穿了全身保護衣和頭罩的天韻。狹小的空間裡，只見她頭頂裝了個小小的攝錄機，被綁住雙手雙腳的她無助地瑟縮於玻璃幕內的角落處。

幾名醫生站在已亮起的螢光幕前，上面顯示的應該正是天韻的生理狀態。

「OK！麻煩將玻璃箱打開啦！」兔子男命令。

其中一名醫生拿起了搖控器向玻璃箱方向一按，玻璃箱其中一面玻璃窗緩緩拉下。

「你哋咁樣會玩出人命㗎！」我口不對心地高呼：「黐撚線！」

「順帶一提，呢條蛇已經餓咗好多日㗎喇，」兔子男這才想起似的補充道：「件衫搽滿豬血嘅Subject 4睇起嚟應該好好味。」

「唔好呀！！！」天韻更是害怕地驚叫起來：「Zach 救我！！！」

大蟒蛇的行動敏捷，我們所有人都反應不及！

玻璃窗一落下，大蟒蛇直奔向不遠處的天韻，把根本來不及躲避的天韻從頭部吞進口裡！大蟒蛇的嘴巴以不可思議的角度張開，大得下顎隨時會斷裂而掉下來似的。

我們嚇得屏住呼吸觀察，看著大蟒蛇的血盆大口努力要把天韻吸進去，不出幾分鐘已經吞到天韻的肩膀位！

手腳被綁住的天韻，奮力扭動身體想掙脫大蟒蛇的吞噬，只是力氣敵不過大蟒蛇。

相當粗大的蛇身死命地纏繞著天韻，把她整個人勒住，想要緊緊地把她絞死。這樣的畫面讓我愈看愈興奮！

幸好有鋼化盔甲的保護，天韻不至於被壓碎，可是她的掙扎卻顯得愈來愈無力，全個過程才不過兩、三分鐘，她的上半身已經沒入大蟒蛇的口裡！

瀕死的天韻看得我整個身體燙熱起來！她那軟癱癱的雙腿很性感！我被刺激得汗流滿面，下半身更情不自禁地興奮了！

天韻瀕死的過程發展得很快，雖然她無法發出任何慘叫聲，我也看不到她可憐的表情，但她突然劇烈的痙攣、那垂死的震顫讓我瞬間到達了高潮！

當警察的我，很慶幸自殺、打人及殺人這三類案件我都接過，甚至親眼目擊過，可是其刺激程度均不如眼前這個美女所帶來的衝擊感。

畢竟天韻是我最喜歡的類型：美麗、白滑、玲瓏浮凸，儼如人偶一樣完美。

在大蟒蛇身體裡的天韻想必處於呼吸困難、口裡冒出白泡、雙眼反白的狀態了吧？我倒是希望她不要咬斷舌頭就這樣死去。

這才提醒我要扮演的角色，趕緊喝令他們：「放佢出嚟呀！佢就死喇！」

「停手呀！」Ethan 也激動地扭動著身體大叫：「你哋整死佢喇！」

監測儀發出嗶嗶的響聲，醫生們立即行動。

把玻璃幕稍稍升起，趁大蟒蛇全心吞噬時，有人用麻醉槍射向牠；幾個穿了保護衣的人馬上衝進去與大蟒蛇角力，把天韻強

行拖出來，期間他們又朝大蟒蛇開了幾槍。

幾經波折，眾人終於把昏倒的大蟒蛇放回玻璃箱推走，把天韻拉出來，再抬回四號手術床上進行檢查、消毒和急救。脫下的保護衣被一層濃稠又腥臭的黏液包裹住，奶白色帶一點淡黃，想必是大蟒蛇的唾液和胃液吧。

失去意識的她除了一臉蒼白，並沒有任何大傷，看來保護衣發揮了作用，她頂多只是被刮傷了一下，昏厥也想必是被嚇暈而已。

打過針後，他們推了一根鐵桿進來，上面掛有一包透明的點滴，應該是生理食鹽水吧。

很期待天韻再度恢復意識，到時又可以享受她被嚇到要死的畫面了！

如此驚險的「蛇吞人表演」安全落幕了。我滿足得差點拍掌歡呼！幸好我穿了黑色褲子來，濕透的胯下不至於太明顯。

「你哋癲㗎？上網都無提過會玩到咁激！」我裝模作樣地喝斥：「我出去一定告到你哋執笠！」

此時，只是這麼一下子，我注意到坐在對面的 James 和

Ethan 無聲地對望了一眼，彷彿他們知道了甚麼，或是交流了甚麼意見。

難道……他們是鬼屋的內應？——這是我腦內首次產生如此猜疑。

我搖搖頭，或許由於腦袋了受過度刺激，才令人容易胡思亂想。

他們清理、收拾現場過後，兔子男的聲音再度從喇叭傳出，「多謝 Subject 4，我哋終於錄到珍貴嘅一刻！」那是指拍到有人活生生被蛇吞食，還是大蟒蛇食道內的畫面？

「接住落嚟，我哋當然要將歡樂嘅氣氛推到最高峰！」他加大聲量說：「仲記唔記得，我承諾過熱身過後，要俾你哋見證人蟲合一？」

「屌你！放我哋出去呀！」Tejal 依舊憤怒，「我唔睇呢啲乜鳩變態嘢呀！」

「你準備好未呀？」兔子男幽幽問道：「Subject 3。」

「仆街！」我破口大罵了一句，因為 Subject 3 正是我。

剛才天韻的表演精彩得使我忘了兔子男那句「下一個就到你

喇」。正如阿忠所問，被蛇生吞只是熱身，那「人蟲合一」又會是怎麼樣的變態環節？

答案就在再次進入房間的兩名黑衣面具人推門送來的某樣東西上。

比較起來，大蟒蛇吞活人確實沒這般讓人不安；比較起來，恐怖蟑螂雨也確實沒這般可怕。

被推進來的玻璃箱體積比剛剛的細小，裡面有幾條目測有三十厘米長而肥大的深棕色毒蜈蚣！

蜈蚣手術

兔子男和醫生還未下令，兩名面具男已經自動自覺把我連人帶床推往實驗室正中央。

「開燈！」兔子男又以一副節目主持人口吻道：「人蟲 Show 要開始喇！」

頭頂兩大盞圓形手術燈旋即亮起，嚇得我厲聲問：「你哋想做咩呀！」

至今我仍未猜到所謂的「人蟲合一」是甚麼一回事，但對象

是蜈蚣的話，我無論怎樣也不想與牠們扯上任何關係！

面具人靜靜地攤平我的手術床，讓我由坐著改為平躺，最後確保所有束縛帶緊緊綁住我之後，才離開房間。

這使我更是驚慌！「我最後一次警告，你哋即刻放開我！我係警察！你哋依家係非法禁錮我！」

可惜，無論我搬出甚麼理由，他們還是無視我。一如往後眾人提出要求後一樣，我們完全處於弱勢的一方，反抗無效。

頭髮花白的 Doctor Hadden 走過來，開始為某件恐怖事作事前準備。期間兔子男模仿電視節目旁白的語氣，開始唸著一堆讓人摸不著頭腦的話，其中夾雜不少專有名詞，我只能借上文下理約略推測他的意思。

「蜈蚣嘅身體分為觸角、頭部、軀幹部同埋腳，佢頭部有一對能夠注射毒液嘅毒爪。成年人如果俾佢咬到，除咗好痛，仲可能會紅腫、嘔、頭痛、發燒、抽搐……」

Doctor Hadden 用軟墊墊高我的頭部，讓我能以平躺的姿勢看見自己整個身體。我感到有冰冷的金屬物件觸碰著我的太陽穴和頭頂，然後加緊力道，使我的頭部被牢牢固定，不能移動。

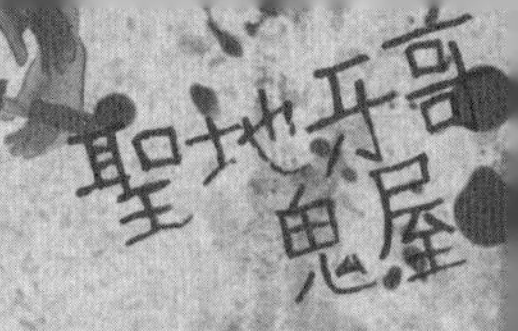

「你究竟想點呀？」這句話我問了不下十數次。

「……中毒嘅嚴重症狀有昏迷、痙攣、組織壞死，甚至引致死亡。」兔子男頓了一頓，續道：「蜈蚣係肉食性節肢動物，基本上咩嘢都食，只要定期餵飽佢，壽命起碼有五至六年……」

「屌你老味！九唔搭八！」Tejal 罵道。

我聽見滾輪移動的聲音，然後聽到 Asha 吸了一口氣壓低聲線問 Tejal：「佢哋唔會真係諗住幫 Zach 開刀呀嘛？」

幹！他們把放有手術刀的活動車移了過來！

我登時竭力掙扎，但心裡仍是半信半疑。他們不可能膽敢這樣做吧？畢竟是替入鬼屋遊玩的人施手術啊！網上怎麼可能沒有任何人提及？

醫生把手術床上左手手臂部分的軟墊拉開，讓我的手臂往外張，好方便他們之後的動作。然後用一塊綠色的布墊住我的手臂，再把前臂反過來、手心朝天地重新固定好，在我上臂近肩膀處緊緊綁上一條肉色橡膠帶。

接下來是涼涼的觸感，Doctor Hadden 雙手震抖，用鑷子把沾了估計是消毒液的棉花球擦在我手臂上。

是震抖的雙手！他該不會真的要替我做手術吧？

想必一切都是鬼屋的慣常嚇人技倆吧，待會架在我身上的手術刀一定是塑膠玩具。

Doctor Hadden 放下鑷子，再來是針筒。內裡不曉得裝了甚麼液體，可是他狠狠地把針筒插入我左手前臂！

這絕對不是純粹嚇人，而是確確實實的傷害！

「呀！」由於沒想過他真的敢弄傷我，所以我在沒心理準備下被刺傷，不禁嚇了一跳。

然而，比起我隨後會經歷的事，這簡直是小兒科。

Doctor Hadden 再次展露他那噁心的溫柔眼神，輕聲對我說：「啱啱幫你做咗局部麻醉，咁等陣你就唔會痛㗎喇。」

「咩話！？」連一旁的阿忠也跟著激動起來，「你哋係認真要做手術？」

Asha 平靜地問：「會唔會係同頭先一樣，唔係真正開刀，而且會做好多安全措施㗎？」

直到此刻，我們仍無法想像美國這裡，居然有間玩得如此超過的鬼屋。

如果他們真的會替玩家開刀，儘管事先簽過生死狀，事後定必捲入官非並在網上熱傳，我們沒理由會不知道。

兔子男繼續無視大家，續唸：「我哋嘅醫學團隊有一個假設：如果可以將啲有用嘅生物裝落人體裡面，會係幾咁美妙嘅事呢？重點係，呢個實驗可以保護自身安全、擊退所有傷害自己嘅人。講到呢度，你哋應該估到我哋今次想做咩嘢實驗啦？」

他！媽！的！神！經！病！

我這才明白他們一直提的「人蟲合一」是甚麼一回事！

我不顧紳士的形象，一口氣用粗口大罵他們：「講埋晒啲乜撚戇鳩人蟲合一呀！你哋真係燒撚壞咗個腦呀！」

Doctor Hadden 拉下口罩，發出「噓噓」聲示意我不要大吵大鬧，彷彿錯的人、發瘋的人是我！

難以置信的是，他脫下口罩後，我才發現他竟然是個五、六十歲左右的老男人！加上他偶爾發顫的雙手，莫説要他拿穩手術刀，根本連看清楚血管的眼力恐怕也退化了吧？

「癲㗎你哋！」James 指出，「可能 Doctor Hadden 真係昆蟲專家、玩蟲好叻，但我唔信佢同時又識人體外科手術囉！」

外科手術？不！會！吧！

「放開佢呀！」綺淇幫腔道：「我哋全部都退出，唔再玩喇，放我哋走！」

兔子男滿意地笑了兩聲說：「首先，拎把尺過嚟度下個長度先。」

亡命過山車

他們量度過我左手前臂的長度後，我絕望地盯著 Doctor Hadden 和醫生們從玻璃箱挑出其中一條大蜈蚣，看著他們那隆重的厚手套、長大鉗子，看來他們說蜈蚣有劇毒是認真的。

而真正讓我竭力尖叫的，是看到這條龍精虎猛的蜈蚣掙扎的姿態！我作為生活在香港的都市人，從來沒如此近距離見過目測起碼有二十厘米長的粗大蜈蚣，大得看起來像是人造的。

牠的噁心程度比蟑螂來得震撼，牠在被鉗起來運到我腳邊的手術桌途中，頭部兩條大觸角不停在打轉，幾十對黃色的手腳同時亂七八糟地揮動，深棕色身體也在瘋狂地左右扭動，構成一個可怕的動態「S」形。

「好核突呀……」Ethan 驚嘆道。

蜈蚣好不容易被固定在桌上後，Doctor Hadden 替牠注射了不知名液體，沒多久牠就安靜了下來。

醫生略略替牠檢查了一下，再用尺量度牠的總身長，然後對 Doctor Hadden 點了點頭，後者也點頭回應。

「屌！」很明顯他們是在確定蜈蚣是否適用於是次實驗，我驚呼：「唔撚好亂嚟呀！」

不會吧！說不定他們只是做做樣，想開個玩笑而已吧？

綺淇試圖用法律理由再警告：「你哋呢啲人體實驗係犯法㗎，收手啦。如果你肯放我哋走，我保證唔會告你哋。」

然而，手術還是絕情地展開了。

即使我拼命想移動左手，左手仍是一動不動。但由於不是全身麻醉，我還有意識可以說話，更甚者，他們是要我全程目擊他們如何糟蹋我的手臂！

不知道是否怕我待會會大呼大叫，噴出口水沾污傷口，醫生幫我戴上口罩。

接著，Doctor Hadden 舉起鋒利的手術刀……

如果試過坐過山車，便不難理解我此刻的心情。

過山車在瘋狂急墜之前總是會先來一段漫長的攀升，那種明知道即將要下跌，卻催眠自己這只是嚇唬人、離心力沒想像中可怕；那段坐立不安的等待時間，一秒過得好比一小時般難熬的偈促感……

之不過，玩過山車是不會弄出人命的。

在我仍不肯接受眼前的事實時，Doctor Hadden 已經毫無猶豫地手起刀落，對準我手腕的位置刺下去！

「嗚呀！！！」尖叫聲響徹整間冰冷的房間，除了我無人敢吭一聲。

雖然麻醉藥讓人不感覺到痛，並不代表全然無感覺。肌肉確實感到有東西往裡面挫進去，看見血瞬間從傷口如泉水一樣湧出來，我斷定自己會因失血過多而死！

還以為他們計劃沿手臂直割一刀，Doctor Hadden 頃刻把刀鋒一轉，在我左手前臂上劃出一個「L 形」的長刀傷！

還以為他們計劃沿手臂直割一刀，Doctor Hadden 頃刻把刀鋒一轉，在我左手前臂上劃出一個「L 形」的長刀傷！

「我唔想再睇喇！」Asha 哭了起來：「我想返屋企呀……」

「呢度到底邊度嚟㗎！」James 罵道，我猜現在他粗壯的雙手正在青筋暴現地想要掙脫手術椅，「上網睇都無講過會做啲咁變態嘅嘢！」

他這番話簡直當頭棒喝！

綺淇輕聲問阿忠：「呢度唔係 McKamey Manor ？有乜可能呀？」

「唔撚係嘛，呢度係 McKamey Manor 呀嘛？」

我聽見女醫生提醒我，話語間帶點擔憂：「等陣如果太核突，你就唔好望喇。」

Doctor Hadden 猛地抬頭瞪向女醫生，似乎在怪她多口。

說實在的，我已經管不了等一下會如何，而且耳邊開始傳來嗡嗡聲。

「乜撚嘢！依家已經好撚核突啦！」Tejal 彷彿未見過血般驚

最後，他們在我前臂一共劃了四道直線，組成一個長方形框線的刀傷，長度橫跨了整隻前臂，闊度大約幾厘米。

濃濃的血液不止地沿綠布往下流、滴進放在地上的小鐵桶裡，發出刺耳的「*咚、咚*」聲。

我迷迷糊糊，所有聲音猶如雷聲般轟耳，那些咚咚聲一下一下打入腦中，令我頭痛得很。這樣正常嗎？手術時病人會流這麼多血嗎？直割我的前臂會如割脈自殺般，失血過多而死吧？

無數個問題在腦袋急轉，讓人更是暈眩。

Doctor Hadden 把刀放回盆子裡後還未心息，他換了另外一把刀和鉗子！

「仲未完……？」我已經被嚇得有氣無力。

果然，過山車的急墜，這刻才正式展開。

他把長方形傷口上的其中一角皮膚用鉗子夾住，然後緩緩地拉扯起來。我從這個角度可以清楚看到，被撕裂的表皮和真皮之間，仍有一絲絲血絲和肌肉之類的鮮紅色肉塊連在一起！

「哇呀！！！」我猛然慘叫，嗓子也變得沙啞。

Doctor Hadden 一手拉住那塊表皮，一手用刀割開表皮與真皮之間的「藕斷絲連」，一點一點的血點從真皮層滲出。血液特有的鐵鏽味撲鼻而來，使我頭昏腦脹得更嚴重。血液落在地上鐵桶的咚咚聲愈來愈頻密，像是下大雨，不，像下冰雹一樣吵耳！

老實說我沒唸過醫科，不確定 Doctor Hadden 分離的是否表皮和真皮，總之他正努力要把我前臂表面的皮膚或肌肉挖走！

換言之，我正被活生生剝皮！被活生生割肉！怎麼可能？我本想來聖地牙哥旅遊而已！

「好撚黐線呀，我又想嘔喇……」阿忠道。

「呢度唔係鬼屋！你哋究竟係咩人！」Tejal 已經深信這裡不是 MKM，「點解要咁對我哋？」

望著自己血肉模糊的左前臂，我早已沒有心力去管這裡是哪裡，但求讓我離開經已足夠……

在這期間，Doctor Hadden 專注把表皮拉開至一半，粉紅色的幼嫩肌肉血淋淋地暴露於空氣中。

目擊 Doctor Hadden 如此又拉又刮，我的感覺開始愈來愈強烈。是麻醉藥不夠重嗎？還是心理作用？

前臂驟然傳來疼痛！

這種疼痛一開始小得讓我以為是錯覺，然而下一瞬間儼如山洪暴發地襲來，劇痛無比！

「呀！！！嘩呀！！！」想必我已是痛得滿臉又是汗又是淚，眼前景象開始模糊起來，快要昏過去……

過山車的俯衝僅僅進行到一半。

遊戲規則

「你醒嗱？」綺淇說。

當我恢復意識時，疼痛已經消失，可是我前臂上整片肉已被割走！

Doctor Hadden 拿起我那被割下的肉，肉塊像極生豬肉：一邊是皮膚，另一邊則是血淋淋的嫩肉。肉塊被他拿在手裡時軟爛爛地垂下來，不斷滲出腥臭的血液。

長方形傷口就這樣赤裸地擱在我手上，我失去意識的期間，他們可能已給我注射更高劑量的麻醉藥、把東西整理一下、在我的右手插上輸血管為我進行輸血……

實驗還未完。

Doctor Hadden 把肉塊扔到地上的鐵桶後，就和女醫生走到我腳邊的手術台忙碌起來。很快，我便知道他們在玩甚麼。

他們要把那條一動不動的蜈蚣植入我的前臂上！

腦海立即閃過兔子男的話，他說蜈蚣可以保護自身安全、擊退所有傷害自己的人……

「唔好再整佢喇，佢頂唔住㗎喇！」Asha 哀求。

「你哋究竟係咩人？」Ethan 質問：「呢度係邊度？點解要捉我哋嚟？」

身為暴發戶的 Tejal 說：「我係餐廳老闆，我畀晒啲錢你，唔好搞我同我老婆……」

猶如要印證我的想法一樣，Doctor Hadden 把蜈蚣捧過來時，女醫生總算肯在一旁說明：「我哋會將呢條蜈蚣，腳朝天、背朝地咁樣放落你嘅傷口上面，然後再用線縫埋一齊。當你嘅傷口慢慢好返之後，希望你嘅肉可以同蜈蚣連埋一齊。」

「放心啦，呢隻蜈蚣已經消毒咗同處理好，」Doctor Hadden 笑著解釋道：「佢嘅軀幹部，即係背部已經癱咗，佢醒返個身體唔識郁，除咗啲腳啦，不過唔會影響你個傷口癒合嘅。之後只要唔好亂掂佢堆腳，成個實驗都好安全。」

甚麼？？？

「咁即係隻嘢未死？醒返嗰陣啲手手腳腳同個頭仲識郁？永遠留喺我隻手上面？」這個想法在我腦海中揮之不去，我無法想像要跟一大排亂動的棕色蟲腳過下半世……要是我的手沒有受感染壞死而要截肢的話。

「呢啲嘢係咩人先諗到出嚟㗎！」James 責罵：「你哋到底係咩人嚟？」

雖則網絡上提及的 MKM 鬼屋標榜恐怖嚇人，但絕不可能瘋狂到替遊客非法施手術！莫非這裡真的不是 MKM？那這裡又是甚麼鬼地方？

Doctor Hadden 沒有再說話，繼續展開新一輪動作。他把蜈蚣反轉，頭向掌心、尾向手肘地安放在我的傷口上，前臂頓時感覺到被東西壓著。

今次死定了。手術縫合線和持針器登場了。

此兩物嚇得我整個人惘惘然，變得不懂大叫或反抗，又或許他們趁我昏倒時注射了鎮靜劑之類吧？

在女醫生的輔助下，Doctor Hadden 用鉗子把小小的彎針夾起，跟縫合衣服的方法一樣，把蜈蚣的軀幹部邊緣與我的肌肉縫起來。他把針一穿一拉，回針後再重複相同動作。

即使打了麻醉藥，終究這是我的傷口！是活人的身體！

為確保我與蜈蚣牢牢連在一起，Doctor Hadden 甚至把針鈎在肌肉深深處，每一次穿針，我都感覺到有些甚麼東西鑽進身體，伴隨異樣的輕微刺痛感。

每一下拉扯都在挑戰我的忍痛程度，麻醉藥該不會又消退了吧？

最心驚膽跳的是由於我的傷口已經血肉模糊，成為一團爛肉的模樣，加上 Doctor Hadden 眼力不好、雙手不斷震抖，好幾次他都把已刺入肉的針頭抽出來，再重新插入。

整個縫合過程根本是場漫長的酷刑！

Doctor Hadden 每次把針一拉，針線附近的肌肉就會隨之微微被拉扯起來，彷彿只要他動作再快一點，肉塊會黏住縫合線整個被撕裂出來！

好不容易總算完成了可怕的縫合動作。我的左前臂就這樣被一條大蜈蚣無情地霸佔了。

現在那仍在出血的傷口上，有一隻反肚的蜈蚣。昆蟲本來就噁心，之不過最令人不安的，是牠反肚時呈現一整排密集蟲腳的醜相。雖然蜈蚣不屬昆蟲科，不過一說到牠的腳，我覺得牠好比昆蟲一樣令人憎惡。

在牠黑色軀幹的底部上，有幾十對一節一節、密麻麻、曲折的深黃棕色蟲腳，蟲身左右兩邊均有一行行縫得凌亂的黑線，我的血液自那裡溢出。

假若如他們所推測，蜈蚣在藥力散去後會甦醒過來，幾十對蟲腳將會如怪獸般瘋狂亂抓，卻又基於軀幹已癱瘓無法離開我的前臂……

那麼到頭來，變成怪獸的到底是蜈蚣……還是我……？

先不說蜈蚣的腳可能有毒，到時候我的前臂未被細菌感染而廢掉已經算是好消息……了吧？

綺淇安慰：「隻嘢俾針拮咗咁多下，應該已經死咗喇。」

James 見我毫無反應，大聲鼓勵我道：「唔使驚，等陣我哋幫你搣返隻嘢出嚟！」

對！只要把牠拔出來，之後再好好處理傷口，癒合後就沒事啦，頂多留有疤痕而已。

喇叭倏地傳出兩下乾笑聲，兔子男討厭的譏諷口吻再度出場，「我勸你哋唔好做傻事喇。Doctor Hadden 依家會幫 Subject 3 止血，仲會包紮得靚一靚，如果你哋貿貿然拆開佢仲要拎返隻蜈蚣出嚟，我哋係唔會理㗎。」

他補充：「換句話講，Subject 3 呢個外露嘅傷口隨時因為跟住落嚟嘅活動而受感染，又或者失血。」

現場再度陷入絕望的沉默中。

綺淇的一句話令我重新振作起來，「咁好啦，八個鐘之後我哋出返去即刻搵醫院。Zach 你要捱埋落去呀！」

「點解……要揀我……」我疲倦地吐了一句。

隨著手術完成，人體實驗總算來到尾聲。

兔子男沒再說話，Doctor Hadden 走到房門，轉身向我們點點頭，靜靜地離開了。幾名醫生分工合作：替我止血消毒、包紮傷口和清理現場。

幾分鐘過後，所有員工往恐怖蟑螂雨那邊房門出去，剩下一人過來替我解開身上的皮革帶，然後無聲離開房間。沒任何表示的他們，迅速地撤離了實驗室。貌似因為這邊的變態活動結束了，他們要趕去另一個場地準備而雞飛狗走。

我們現在該怎麼辦？

另外一邊的房門此刻打開了，相信是可遠距離控制開關的自動門。

正當眾人不知所措之際，我氣虛力弱地說：「我諗……我明明地所謂嘅『遊戲規則』，如果無估錯，我哋都係盡快離開呢度先……」

就這樣，我們從那道自動打開的門，離開了血腥實驗室，通往未知的出路。

這刻的我，本以為經過如此噁心的蟑螂雨、血腥疼痛的手術之後，蛇蟲區已經成為過去，鬼屋的變態程度也已達頂點，之後再遇上甚麼也不再可怕了。

殊不知，他們竟能讓我們一行八人的腎上腺素瘋狂飆升……

聖地研討
鬼屋

你聽說過嗎？

聖地牙哥鬼屋

San Die
Haunted

AREA 1
血色迷宮

休息時段

James和Ethan把無力走路的我架起；天韻仍處於昏迷狀態，阿忠和綺淇索性把她連人帶椅和點滴一併推出實驗室。我們八人頭也不回地，在不太長的走廊向前直奔，途中聽見背後的血腥實驗室傳來關門和疑似上鎖的聲音。

走廊盡頭有一扇鏽漬斑斑的鐵門，裡面安靜得一點聲音也沒有。走在最前方的Tejal死也不肯開門，James自告奮勇地上前一把打開了門。

咦？！

一眼看盡的小房間，除了正對面有另外一扇鐵門外，整間素白牆壁的房間沒有窗、沒有桌子椅子……不，是沒有任何擺設。

只有散落一地的零食和飲料，還有八頂置有小頭燈的破舊安全帽，像一般地盤工人戴的那種黃色塑膠材質，上面沾有乾掉的血紅色污漬。

「咩料呀？」阿忠邊打量四周邊問。

這裡一片和平的氣氛與血腥實驗室形成強烈對比，大家頓時反應不過來，佇足在門口不敢內進。

「我覺得……呢度應該安全，理由我入到去再講。」語畢綺淇越過眾人，率先踏入純白空房。

果然是勇敢自信的綺淇！我決定之後要緊隨在聰明的她身邊，應該沒錯。

她跨過地上的食物，伸手試圖打開另一扇鐵門，可是鎖住了，然後她勸大家進內先坐坐，休息一下。

經歷過噁心爬蟲區的「洗禮」後，眾人累得背靠牆，席地癱坐下來，每二人一組各佔一面牆，圍成一個小圈開始討論起來。

綺淇解釋：「兔子男話八個鐘之後先肯放我哋走，如果呢八個鐘要我哋長期受驚嚇或者精神緊繃，肯定好快頂唔順、個個暈低晒無嘢玩。所以唔多唔少會俾我哋休息同補充水分、食下嘢咁。」

我靠在天韻的手術床腳處，打量著自己的前臂。

儘管 Doctor Hadden 真的很變態，不過他確實把我的傷口止血和包紮好，連那令人作嘔的幾十對蜈蚣手腳都用紗布圍起來。暫時看不見蟲腳令我感覺好過一些。

「咁你即係話，」書生 Ethan 的臉蒼白得很，他問：「依家

係小休時間？」

綺淇點點頭：「而且我估呢啲嘢食應該都係安全嘅。」

幸而麻醉藥還未退，不然我應該會痛得昏倒……我搖搖頭，不行，我不能成為拖累大家的弱者，我要領導他們！

我率先伸手把一支清水搶過來扭開，咕嚕咕嚕地一飲而盡。

鼓掌了吧，把我當成毫無懼色的英雄了吧！大家紛紛跟著大吃大喝，補充體力。

「有無人知呢度究竟係邊度呢？」James 打開話題。他是典型的四肢發達，頭腦簡單，這點使他成為必要時可供我利用的棋子。

大家一致贊同的是，這裡並非真正的 MKM，只是「某人」用 MKM 作幌子騙我們過來，這點太明顯，所以全部人沒異議。

我們眾人從市中心分別出發，經專車接載，車程約兩到三小時不等，然而對於確實身在地點仍一無所知，我們進來「鬼屋」前把電子產品都放到儲物櫃了，現在無法用電話定位。

有人幽幽問：「我喺邊度呀……？」是美人天韻醒來了！她

睡眼惺忪地揉揉眼睛。

綺淇向她簡略地說明她被大蛇吞食和昏倒之後發生的事。天韻竟然笑了笑！她指著我的手臂幸災樂禍道：「有條蟲喺度？唔知點解我覺得你好柒呀。」說畢她面色一變、伸手掩口，大概意識到自己說錯話吧。

Ethan 站起來，把水遞向行動不便的天韻，關心問道：「你見點呀？」

比起 James，Ethan 則是斯文冷靜型，除了太照顧我的女人這點讓我想揍他之外，看來沒甚麼特別。

天韻接過水樽，精神道：「休息咗咁耐，我無事喇。」

我轉換話題，「咁你哋留唔留意到，啲變態嘢其實係有一個模式，或者可以叫做『遊戲規則』？」畢竟要一起走下去，不能讓他們拖累我。

「係喎係喎，係咩呢？」阿忠問。

整個討論過程中，阿忠只是附和大家，毫無貢獻，這種依賴型的性格大概是被照顧型的姐姐——綺淇寵出來的吧。可是他好歹算是年輕力壯，以健碩來說，我們八人當中數他排名第三，我排第二，James 則是第一。

「『遊戲期間只要跟從我哋嘅指令去做，就可以成功出返嚟。』我好記得一開始兔子男咁樣講。所以之前我哋達成咗佢哋嘅『指令』，嗰一關就通過咗，可以去下一關，其實真係有少少似玩遊戲、打機咁。」

綺淇較機靈，最快消化到我的話，「咁你舉個例啦，好似甲由雨嗰度，有咩指令？」

「嗰度我哋走到出去係因為佢哋升返起玻璃幕，而玻璃幕升起之前，我哋嘅行動就係過關條件，最後升起咗即係做啱咗指令啦。我咁有印象，係因為嗰下天韻嘔到七彩。」被點名的天韻瞬間紅起臉來。

我繼續說明：「我估佢哋嘅指令係有人要嘔，或者至少有兩個人嘔，如果無記錯，喺天韻嘔之前，好似有另一個人嘔……」

「係我，嘿。」阿忠搔搔頭。

「再講多個例子，喺天韻俾蛇吞之前，個仆街 Doctor Hadden 問佢肯唔肯俾蛇吞，你哋唔覺呢個問題問得好戇鳩咩？不過諗深一層，點解佢問一個明知道答案嘅問題？佢都有講㗎，話天韻嘅答案好影響之後嘅事，我諗呢個就係指令。」

「吓！」天韻皺起清秀的雙眉，「咁即係因為我嘅答案累到你俾人剝皮？」她天真的語氣說得我好像只是被人拔腿毛而已。

我無奈地點頭，「事件嘅發生係一環扣一環，每次嘅模式都唔同，而且唔一定會話你知有指令，好似甲甴嗰度咁，估啱、做啱指令之後就可以即刻過關；而俾蛇食嗰關就有少少唔同，無論天韻做咩、答咩都好，都係一樣要俾條蛇食，不過會影響下一關，即係我使唔使俾人裝隻蜈蚣落嚟，或者係決定邊個要裝蜈蚣。」

「你咁講又好似好有道理喎！」應聲蟲阿忠答：「咁之後我哋要好好配合先得！」

「但解釋唔到佢哋點樣揀人去『玩遊戲』囉。」Tejal 潑冷水道。這種人，沒有付出又諸多批評。

我隱約認為，我們八人為一組，當中每二人為一小組。所以，「蛇吞人」時天韻的答案所影響的人固然是同組的我。

James 偵探上身般繼續話題：「咁對方係咩人，你哋有無咩頭緒？例如有無仇口，同埋報名或者同 McKamey Manor 聯絡嗰陣，有無察覺到任何奇怪嘅事？」

「仇口我又無喎，」這固然是撒謊，做警察怎麼可能沒仇口，不過會大費周章騙我來美國的倒是沒有。

我續說：「報名嗰陣我同天韻啱啱先一齊無耐，我哋兩個本身都鍾意刺激嘢，諗住幾年之後排到我哋咪可以一齊嚟玩囉，點知等咗年幾就有位。」我當然不會公開「為了欣賞天韻受虐而來鬼屋」這個理由，「一開始我 Send Email 俾鬼屋，個 Email 係用佢官網嗰個，而且佢覆返我講到有文有路咁，完全唔似係第二個冒充。」

「我……我應該有好多仇家。」Tejal 說：「尤其我班同鄉，見我開餐廳撈得好掂，好多人都妒忌我㗎。」

自 Doctor Hadden 替我施手術、大家知道往後將會遇到血腥的事後，我一直衡量各人的價值。第一個在我心中被淘汰、有甚麼事就把他推出去受死的人，正是 Tejal。

自私又自大，一眼就看穿他這種人容易背叛別人，而且無腦，毫無利用價值，簡直是垃圾一個。

其後眾人跟我一樣表示在 Email 交流過程中沒發現奇怪處，然後估計這班人是駭入 MKM 的電腦系統竊取資料，再假扮成 MKM 跟我們聯繫。

至於他們的目的，我們暫時未有頭緒。但應該不是復仇吧，畢竟我們八人沒有共同圈子，生活沒交集過。

「咁……」見大家靜默，綺淇提出：「唔知你哋覺唔覺，呢間鬼屋係有階級制？」

「點解咁講？」Asha 問。可能基於生活在種族歧視問題嚴重的國家，會比較著緊階級觀念。

綺淇聳聳肩說：「其實無咩大發現，我覺得呢度好似一間公司咁。兔子男好明顯係大粒嘢，而著黑衫嗰啲面具人，唔係做司機就係做搬運。」

不俗。

「咦！」天韻想起甚麼似的說：「如果好似 Zach 咁講，我哋依家呢度係咪都算其中一關，要做某個指令，就過咗呢一關，然後去下一關……」天韻百無聊賴地把玩地上的安全帽，「手多多」是她的壞習慣之一。

話未說完，整個房間的燈光倏地全滅！瞬間伸手不見五指！

「呀！！！」尖叫聲在狹小密封的空間更顯嘈吵。

我猜，「觸碰安全帽」正是這關的指令吧？

眼睛習慣了黑暗後，我發現走廊的燈光透過門縫穿進來，以致還不算漆黑一片。尖叫聲停止了，大家全都站起來，屏息以待任何突發情況。

正在所有人精神緊繃、不敢作聲之際，一聲詭異得令人牙酸的女人輕笑聲突然自背後響起！一股陰森的寒氣驟然自腳底直竄全身！

「嘻、嘻。」

我背後明明只是一面牆而已！

長髮女鬼

「哇！！！」
「邊撚個笑呀？」
「唔係我呀！」
「走呀！」

我聽到有人猛烈搖動打不開的鐵門，只可惜燈光不夠，大家只顧亂衝亂撞，整個環境混亂得我分不出方向。

「戴帽，開燈！」聽到綺淇大聲清晰的指示後，霎時傳來微弱的光源，她已經戴好安全帽並打開頭頂小燈。

有人把其中一頂安全帽塞向我，憑晃動中的光線看到是 Ethan 的身影。

女士們紛紛否認自己是陰寒笑聲的主人，我們八盞頭燈左右照明，努力尋找在這細小的房間裡多了出來的神秘人。

「究竟係邊撚個！」
「無喎，得我哋咋喎！」

方才的笑聲到底是誰？我不禁哆嗦了一下。不是在場女士的話，我下意識抬頭一看……

「上面呀！」我猛然放聲嚎叫！

我們正上方天花板的暗門內，有雙赤裸的腳掌高高吊在那裡！

「女、女、女鬼呀！！！」阿忠口吃。

我們擠向出口，想要撞開那紋風不動的鐵門時，再望去後上方，雙手雙腳垂下來的那個女人……女屍，以吊頸的姿勢被徐徐降落！

「佢哋唔係淨係玩蟲㗎咋咩？」James 愕然。

少年你太年輕了，我知道這回他們想玩甚麼了。

女鬼一身經典日本恐怖電影打扮：長髮披肩、垂下頭所以看不到臉、純白長裙、全身皮膚恍如上了粉妝般毫無血色、脖子被粗大麻繩緊緊勒住。

她的腰部已經下降至我額頭水平，眼看她雙腳快將觸碰地面時，我緊張得全身硬繃地警惕著這具假裝是女屍的人形公仔。

好奇心殺死貓，其實人類也一樣。愈是被頭髮遮擋住，愈是想窺看這張應該很觸目驚心的臉長怎麼樣。

我湊近一點點想看清楚藏在頭髮內的臉時，她忽地抬頭！雙手向前伸直，雙腳狂踢掙扎！

哇！！！還以為她只是個公仔。幸而我反應快，即時後退一步，不然就會被她抓住。

「乜撚嘢嚟㗎！」

「好核突呀！」

「仲流緊血呀！」

女鬼不停亂晃，當她轉向對住房間另一邊的 Tejal 和 Asha 時，女鬼頸上的粗麻繩經已完全垂下來，女鬼雙腳著地了！

「快啲過嚟呢邊啦！」我喝令。

Tejal 他們這才驚慌地繞過女鬼跑向我們，這時鐵門的電子門鎖*「咔嚓」*一聲自動解鎖，James 一把推開門狂衝出去。所以這次的過關指令是要全部人聚集在這邊門吧？

「走啦屌！」阿忠大叫。

突然傳來 Tejal 的慘叫聲，他被女鬼拉住了！

站在 Tejal 旁邊的天韻無辜受牽連，被混蛋 Tejal 拉住，天韻無助地叫道：「放開我呀！」

趁沒有人察覺，我假裝看不見她被抓住繼續逃跑。因為女鬼實在太嚇人！我不想冒險去救天韻！

以往看電影或相片，無論是多令人不寒而慄的鬼臉，都只是平面罷了。但現在我跟女鬼只差一步之隔，即使知道她應該是由員工裝扮成，我也不想被她逮到！

她緊閉的雙眼和嘴巴均被粗糙黑線縫起來，不斷滲血，整張臉白如死灰，皮膚乾燥得處處脫皮，顯得非常怪異！

當女鬼捉住 Tejal 之際，她竟向他張開血盆大口，嘴上的黑線受拉扯斷掉，血漿瞬間如水柱般自喉嚨深處直噴出來，往被掐住脖子的 Tejal 的臉嘔吐過去！

太誇張了！無論員工如何假扮，怎麼有能力把如此多的血藏在口裡？是用喉管裝在身上，巧妙地弄成好像由嘴巴吐出來嗎？

「放開我呀！」天韻竭力撥開 Tejal；「放開我老公呀！」Asha 回去拯救 Tejal；Ethan 和 James 相繼加入拯救行動。

綺淇、阿忠和我齊齊逃出房間，進入另一個地方，只不過情況倒是一樣糟。

與女鬼出現前的乾淨和平純白房間相比，房外是個風格截然不同的空間，景象詭異得令人不敢再踏前一步！

長長的走廊左右兩側被鐵絲網封起來，裡面是一間間似是用來放雜物的房間，房與房之間同樣以鐵絲網分隔起來，感覺若如走在籠屋的窄小走廊上。這裡使用了紅色的光管燈，把整個環境染成一片紅色，卻因為燈光太暗，看不見走廊的盡頭。

目之所及這個又暗又髒的空間，彷彿經過數十年歷史，從未被清潔過般，到處盡是污漬：剝落的牆壁上、凹凸不平的水泥地上、生鏽破爛的鐵絲網上等，統統沾有一坨坨疑似是塵埃，還是霉菌的黑色污垢。

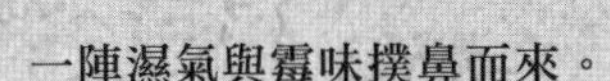

一陣濕氣與霉味撲鼻而來。

在這個充滿肅殺危機的紅色空間裡，絕對沒有籠屋那種日常平凡氣息，反倒有種電影般的不真實感。

我說：「睇嚟頭先嘅蛇蟲區已經過咗，我哋嚟到另一個主題……」

「呢度好恐怖呀，我唔敢再行喇……」綺淇抓住阿忠的手臂，小巧的嘴唇微微震抖道。

剛剛在蛇蟲區她從沒表現過軟弱的一面，看來「怕鬼」是她的要害。

阿忠拍拍她手背安慰道：「等埋天韻佢哋出嚟先一齊行啦。」

如果阿忠死掉，綺淇依靠的人會不會是我呢？

「天韻佢哋未出嚟咩？」聽到有人奪門而出的聲音，我假裝這才發現地回頭望。

五人蹌踉地連奔帶走跑出來，滿身鮮血的除了 Tejal，連我的天韻都被糟蹋了！我最期待的畫面終於出現了！

自從在網上宣傳片看到鬼屋會玩假血之後，我一直幻想天韻被淋血的慘狀。被嚇到腿軟的天韻在 Ethan 的扶持下，由於衣服濕透而緊貼在身上，配合血腥的感覺，此刻的天韻無比性感嫵媚！

最可惜的是她整張漂亮的臉被血液遮蓋住，難以欣賞她被嚇壞的表情。

「你做乜唔嚟救我呀？」她一出來就衝著我大發雷霆地質問。

「走啦！仲企喺度！」Tejal 生氣地拖著 Asha，撞開我們向走廊的盡頭直奔。

見到天韻和 Tejal 的狼狽樣，我領略到這個鬼怪區讓人不安之處。紅色燈光使他們臉上和身上的假血更顯深色，幾乎由血紅色化為黑色，一般情況下全身染血已經夠駭人，現在他們披滿的血液可是黑色，看起來更是有種脫離現實的毛骨悚然之感。我不得不佩服這裡逼真的道具，配合燈光效果所營造出來的驚慄氣氛。

James 跟在 Tejal 後方，邊跑邊大叫：「唔好講嘢住！走咗先！」

我趕緊衝上前與 Ethan 一人扶一邊地帶著天韻一起跑，回望「安全房」時，終於理解他們急急逃亡的原因了。

他們根本沒通過這關，而是逃跑出來！所以長髮女鬼也衝出

房間，死命狂追著我們！

亂髮披肩、雙眼被縫上黑線和淌著血、撐大嘴巴叫不出聲、兩邊嘴角流出鮮血的她相當詭異！

「屌你！好撚猛呀！」阿忠甚至誤把她當成厲鬼地驚呼。

「佢點樣睇路㗎？」綺淇跟我有同一疑惑。

跑了一會兒發現她沒再追上來，身上血液散發出腥臭的天韻（可能是用了豬血？），說女鬼的脖子被粗麻繩勒住，應該是因為粗麻繩最長只能去到那裡，無法再走遠來追我們。

後來我想，其實鬼屋是故意讓女鬼追出來，好把我們趕離安全室，進入紅色空間。

此時開始，走廊儼如迷宮一樣，通路變得四通八達、左拐右曲，可是每條路的環境都一模一樣，讓人漸漸產生迷失方向的想法。更甚者，鐵絲網裡不時有一絲不動的「鬼」佇立著。

「哦！唔怪得呢度咁熟面口啦！」半晌後 James 說：「佢哋想學 McKamey Manor 咁樣，模擬恐怖電影場景！」

「乜撚嘢電影呀？」全身黏答答的 Tejal 說。

「雖然呢度唔係學電影……但你哋望下班護士，」James 指向鐵絲網圍起的房裡，其中一個一比一大的人形公仔，所謂的「鬼」就是指它們，「個個低胸大波，成塊面包住晒紗布睇唔到樣，件護士裙污污糟糟，仲要揸住把刀仔、鐵通咁，你哋覺得似啲咩？」

嗯……？

「呀！」阿忠怔了一怔：「唔係想玩《Silent Hill》呀嘛！？」

「吓？唔會呀嘛，我哋又唔係打緊機。」Ethan 明顯擔心。

「就係唔係打機先恐怖呀！」James 說：「我先唔想俾 Game 入面班怪物追殺呀！」

「佢哋唔係假人嚟嘅咩？」天韻擦掉臉上的血跡，指向護士疑惑地問。

「屌，咪撚咁細膽啦，頂多都係啲 Game 入面嘅怪物咋嘛。」Tejal 不屑道。

可是即將發生的，除了在《Silent Hill》出現過，還有很多我們無法想像的事物，也從沒有預料過，這麼快就出現第一名犧牲者……

蒙面護士

剎那間，整間鬼屋倏地響起《Silent Hill》每次有恐怖鬼怪出來前的經典警報聲……

「咩事呀？」

「真係開始喇！快啲匿埋啦！」

沒玩過《Silent Hill》的女士們，看來不太意識到警報聲是妖怪出沒的先兆，阿忠連忙拉住綺淇向前狂奔。

「大家唔好亂咁走呀！」Ethan 緊張地制止，「呢度一走散就好難搵返對方㗎喇！」

阿忠急停回頭問：「咁我哋應該去邊呀？」

此時，警報聲已經戛然終止。

「我哋快啲諗下呢一次嘅指令係咩啦！」James焦急地提醒。

「趕唔切喇，班護士出嚟喇，搵間房匿住入去先啦！」我命令道：「啲鐵絲網閘應該可以上鎖㗎。」

當警報聲一停，原本紋風不動的護士人偶忽然古怪地動起來！

她們確實模仿《Silent Hill》模仿得很仔細，肢體每次郁動後會頓一頓，而且走路方式東歪西斜，頭部更會扭向不自然的方向，彷彿真是沒生命的人偶一樣！

她們手中的小刀反射出危險的光芒，生鏽的鐵管在紅色燈光下更顯兇惡。

「仆街！勁多！」我瞄一瞄身後，護士們紛紛從走廊兩側的房間走出來，一步一步朝我們逼近，高跟鞋的「*咯咯*」聲此起彼落。

走廊另一端情況相同，我們被夾在中間、無路可逃！

「呢邊呀！」大夥兒跟住綺淇跑入其中一間沒有護士的房間，鐵絲網門沒有鎖上，確實可以隨意開關，然而正因為沒有鎖頭，根本無法上鎖！也就是說蒙面護士們能夠闖進來！

「唔好理喇，入晒嚟先啦！」James 把鐵絲網關起，用手拉住以免護士衝進來。

不消幾秒護士們已經聚集在鐵絲網外，其實直至此刻我仍然覺得……很微妙。每個護士雖然看不到臉，可是身材都很出眾，外國人果然不同凡響！Deep V 的護士服配上血液污漬，這種危險又性感的快感讓我很是享受！

只是這種感覺頓時一閃即逝。

「哇呀！」James 為了捉緊鐵絲網不被她們拉開，手指伸出去再勾住鐵絲洞。護士們即使雙眼被紗布蒙住亦無阻視力，她們看準這機會，瘋狂地揮動小刀，James 雙手頓時血花四濺！

退到牆邊的我們當中只有 Ethan 出手相助，天韻勸阻，「James ！放手啦，唔好死頂喇！」

後方有護士高舉鐵管，直直對準 James 頭部要插過去！

「撐住呀！」我大叫。要是沒有 James 和 Ethan 當人肉牆擋住，護士們就會一窩蜂衝進來。

「都唔明班連登仔點解話護士好 J……」阿忠這才發現，「危險呀！鐵通呀！」

阿忠和綺淇跑過去拉開 James 他們，幾根鐵管同時穿過鐵絲網洞狠狠地插進來！Ethan 的手臂意外被刺中，鐵管抽出後，白色襯衫馬上滲出一片深紅色。

「哇屌！走呀！」阿忠大叫道。

趁 James 他們退下了，護士們乘勢打開鐵絲網一湧而上！

我一邊又撞又推地弄破通往隔壁房的霉爛鐵絲網，一邊大叫：「呢邊呀！過嚟啦！」

殊不知天韻他們危急下逃到了另一邊，與我最接近的 Tejal 和 Asha 則跟我一起，我們八人在混亂間就這樣被分散了！本來我最希望是可以和綺淇單獨二人行的。

由於走廊堆滿了護士們，我只聽到慘叫聲，光是要避開密集式的攻擊早已花盡我所有精力，根本無暇去顧其他人的狀況。

多得跟在身旁的 Asha 和 Tejal 幫忙擋駕及推開護士們開路，讓左手還未能好好使力的我只是被刀劃傷幾道而已。但同時我的傷口因為受拉扯，紗布滲出血跡，更不幸的是麻醉藥漸漸散去，手部開始隱隱作痛。

大力撞開護士們後，我們找到空隙鑽出去，三人立即向著護士站得比較疏落的走廊深處跑去！

「佢哋點算呀？」Asha 跑了幾步回頭看，Tejal 一把拉走她，「走撚咗先啦！」

我側身躲開小刀後說：「佢哋應該向另外一邊跑走咗，中間隔住咁多護士，無辦法過去。留返條命仔緊要！」

老實説天韻他們能不能從護士們中逃生我不可確定，只是這情況下連自身都難保。

幾個轉角後，護士的數量明顯減少，看來大多聚集了在剛剛那裡，行走緩慢但攻擊速度快的她們一時未有追上來。

豈料，一波未平一波又起！整條通道的紅色光管忽地全滅！該死的漆黑再次襲來！

所幸的是我們頭頂的安全帽小燈仍有電，雖然照射範圍只有一、兩米。

「又想點呀！」Tejal 咒罵。

無疑鬼屋這個做法確實能把緊張感推至最高峰！

在伸手不見五指的空間裡，充滿各種危險的可能性，我們只能看到安全帽小燈照射著的小小範圍。

「你哋有無發現無晒聲……直情係一粒聲都無？」Asha 悄聲問道。

「係喎，班護士停咗無郁到，」我用燈光照向附近一個護士，僵直的她沒有如《Silent Hill》的設定般，因感受到光線而動起來，「睇嚟鬼屋嘅設定係，一熄燈所有員工就唔可以傷害我哋！我哋趁依家返去搵綺……天韻佢哋啦！」

「太好喇！依家安全晒！」說罷 Asha 無預告地大喝起來：「James ！！！」

「哇咁大聲，嚇撚死……」Tejal 碎碎唸。

可是，除了 Asha 的回音在無聲的走廊迴盪外，就只剩死寂的沉默回應她。

「奇怪，無理由靜到咁㗎，佢哋去晒邊？」

難道裝了隔音板之類？總不會他們全部人過了關吧？

我趁機慫恿她，因為我想測試一下，「不如趁呢個機會殺死晒啲護士，咁咪唔使怕佢哋突然發癲囉。可能呢個就係呢一關嘅指令！」

Asha 當然不是蠢人，她淡淡說：「兔子男有講過唔准搞員工，我唔想冒險囉。」

走著走著我們好像迷路了，每條走廊看起來都一樣，反倒走到這邊幾乎不見護士的蹤影。

「我哋好似愈行愈遠咁，你係咪真係記得點返去㗎？」Tejal 焦急地責怪我。

「頭先咪嚟過呢度……哇！」晃來晃去的燈光中，略過怪物的身影！

回頭再看……

「救命呀！」Asha 被嚇了一跳。

一個戴了羊頭面具的男人靜靜站在鐵絲網房裡，上半身赤裸的他手持一把染血的大菜刀！

「等等先，」我説：「佢好似唔郁㗎。」

也是基於現正沒有開燈吧？

「前面都有呀！」

「我無睇錯呀嘛，電鋸？」另一間房間裡，散落滿地的各種兇器中，有個手持電鋸的豬頭面具男屏息靜待。

Asha 喃喃自語：「呢度究竟想點……我哋要喺度幾耐先走得㗎……」

──直至我們完成指令。

我打開鐵絲網門，伸手拿了最接近的小匕首，著 Tejal 和 Asha 一同疾走。

「吓你係咪傻㗎？」Tejal 驚訝地問。

後面沒有腳步聲，電鋸男果然沒跟來。我安心地放慢腳步。

「你錯喇，」我說：「佢哋淨係話唔俾搞啲員工，無話唔可以搞其他野呀。」如此印證過後，我覺得以後可以好好利用這一點。

此時走在前方的 Asha 倏地止步，害我差點撞上她。

「前面有人。」

「係咪天韻佢哋呀？」頭燈照及的範圍只有面前一點點，完全沒有其他人的跡象。

「咪住！」Asha 伸手攔住，不讓我們繼續走，「你哋聽唔聽到有聲？」

「乜聲都無呀，唔好亂……」我的話只說到一半。

等等。

我聽見了。

那種淒慘絕望的女生啜泣聲。

啜泣小孩

我們慌張地前後張望，畢竟身在墨汁般的環境裡，單靠三盞微弱燈光的小頭燈根本甚麼都看不見。那隱隱約約的哭泣聲，讓人搞不清楚它自前方還是後方發出。

「你肯定啲喊聲喺前面傳過嚟？」我問 Asha。因為我和 Tejal 認為「那人」應該在後方才對。

「又好似唔係……我唔肯定……」Asha 支支吾吾。

留在原地也不是辦法，我下了決定，「我哋繼續行啦，或者呢一關係要我哋喺呢個迷宮度搵到某樣嘢，定係搵個出口咁。」不然為甚麼要弄個迷宮出來？

由於哭聲是斷斷續續的，我甚至一度以為已經終止了。冷不防十幾分鐘後，隨著我們愈走，那可憐的啜泣聲愈接近！當我察覺這一點時，馬上命令說：「我哋唔好再行，好似行錯咗方向。」

語畢 Asha 瞬間僵住了，頭燈方向照著右方的房間。

起初由於隔了鐵絲網又太暗，我沒發現，還在奇怪她又怎麼了之時，我驚訝得整個人愣住！

房裡有人！

蓄黑色短髮的他長得不高，身型看來是個小孩子，也不知道他是男孩還是女孩，身上一襲黑衣黑褲，背對我們瑟縮在一角。身穿黑衣的他，所在的位置也很暗，這也是我一開始沒注意他的原因。

而讓我跟 Asha 頓時怔住的是整個氣氛太陰森了！雖然對方只是小朋友，想必沒甚麼殺傷力，可是在漆黑的環境下，他只讓我們看見那顫抖的背影，使我不期然想起一幕幕鬼怪電影的畫面。

還有……他低聲啜泣，彷彿不想被人發現般，悄悄躲在角落偷哭，實在出奇地淒慘。

一路上聽到的詭異哭泣聲，相信是來自於他。

「好撚恐怖呀……佢喺度做咩呀？」我壓低聲音說：「我哋快啲走啦。」

Tejal 二話不說地舉步跟我走。

自我們與天韻他們走失後，我一直擔任領導者的角色，只管批評的 Tejal 乾脆不用腦似的，我說去哪裡，他就跟到哪裡，Asha 亦然。

人類處於壓力下，往往會依據自己的社會角色，順從權威性人物的命令或決定——這是人的自然反應，作為「平民」的印度夫婦在「遵守法律」這隱含的社會準則下，當然會聽從我這個「警察」的話。

這固然不是我毫無根據的隨口胡扯，而是以前一位警隊的前輩對當時初入警界的我勸戒過。

前輩向我講述了一場名為「史丹佛監獄實驗」的心理實驗，將受測者分配為「獄卒」和「犯人」的角色，後來不到數日，他們不但適應了自己的角色，甚至做了超出角色設定的危險事，印象中好像是「獄卒」會虐待「犯人」。

「你要時時刻刻記住自己係一個『警察』，唔可以濫用呢個身份，要好清楚自己做緊乜嘢。」前輩語重心長地總結。

我毫無疑問地很清楚自己的行為，不然進入鬼屋後，也不會擔起領導者這個重任、帶領這班群龍無首的愚蠢平民。我搖搖頭，

也許我想得太複雜，說不準他們二人本來就是沒甚麼主意的人呢。

Asha 不捨地邊走邊回頭，瞄住那小孩細聲說：「佢喊得好慘呀……佢會唔會係之前嚟鬼屋玩嘅人，但喺度蕩失咗路走唔到出去呀？」

像我們現在的情況嗎？還是這又是過關指令？要把這小孩一併救走？

思考期間，小孩陡然停止哭泣，面向著牆站直身體。

「唔撚好理喇，快啲走啦。」Tejal 催促。

「你哋……」小孩開口，是一把聽起來完全不像哭過、很冷靜的清脆女生聲音：「可唔可以帶埋我走呀？」

說罷她回頭看過來，可能是我的心理作用，回頭這一下彷如慢動作鏡頭似的拖得很長。當我看到她的正臉時，我的血液剎那凝結了！

童顏的她，雙眼異乎尋常地沒有眼白、徹底漆黑，皮膚灰白得不像正常人類的膚色，而且還泛出一絲一絲的瘀血色血管，向我們咧嘴而笑的她，牙齒、嘴巴和下巴均沾滿血液！

剛剛她生啃了人？

「走呀！」我們向前狂奔，她即時衝撲過來！

我們三人本來以 Asha、我和 Tejal 這順序並排對著房間裡的女孩站立，經女孩這一嚇，Tejal 轉身向右方逃跑，由於那是往回頭路的方向，我下意識往 Asha 那邊，即左邊方向跑：「行呢邊啦！」

事關我不想回到羊頭男或電鋸男那邊。

「個細路係咪無追過嚟喇？」我們跑了幾分鐘或者更久，Asha 問。

後方的我答：「好似係呀。」

她停步，回頭望終於發現 Tejal 不見了，「我老公呢？佢跑咗去邊呀？」

「佢頭先跑返轉頭……但嗰邊有羊頭佬嗰啲……」而黑瞳女孩好像也追著他撲過去……

「你做乜唔話我知呀？」Asha 急得雙眼發紅。

我只好安慰道：「同你講有乜用啫！嗰下咁危急，跑慢半步都俾佢捉住，分分鐘佢一啖噬落嚟㗎呀！」

「我要過去搵佢。」

正當她轉身時，果不其然——不安的警報聲再次響起！全部光管應聲亮著，又回歸危險的紅色世界了！

「激死人！俾你講中咗，又有怪物出嚟喇！」Asha 怒道。

關燈代表妖怪們靜止、停止攻擊，可是會派鬼魅般的員工出來嚇人，例如吊頸女鬼和黑瞳女孩。我早就預料到鬼屋不會讓我們過得容易，果然，血腥環節再次展開。

萬一剛剛來勢洶洶的護士們一湧而上，沒有 James 做人肉護盾，我和 Asha 根本不是對手，得盡快解開這關指令。

「屌！俾我諗下得唔得呀？」我抱怨：「你唔好諗住依家行返轉頭搵你老公呀。」

「咁點算呀？」Asha 只管看我的意思行事。

我們在和平時刻，即關燈時，經已討論過各種情況，其一是當警報再響起該怎麼辦。我決定執行計劃 A，「附近無乜大佬，我哋匿入其中一間房啦！」

雖則怪物透過鐵絲網一眼就能發現我們，可是總好過在走廊

亂跑，一不小心跑到怪物面前，豈不是等於送羊入虎口？

「我諗你估計錯晒喇。」Asha 一頭冷水潑過來，靠近我時感受到她正發抖的身體。

「咩料……呀！」

出乎我計劃的是，警報聲還未完，前方走廊盡頭早已有人蓄勢待發，準備衝過來——那是一個長著一張大眾臉、高大略胖的外籍男性，戴上科學實驗用的透明護目鏡，手持一把至少有四、五十厘米長的手鋸！

事後我一直回想，若果他拿的是恐怖電影裡常出現，那種發出極大噪音的電鋸反倒更好。

「走啦！仲等！」我轉身向後跑，舉步後卻緊急剎停。

Asha 再次陷入呆滯狀態的原因無他，走廊另一端遠處也另有其人。一位身穿醫生白袍的瘦小中年亞裔男子，帶著微笑向我們招手，同樣是我從沒在鬼屋裡見過的大眾臉。

這種情況下，出現如此友善的人一定不會是好事。

還有一點讓我覺得很奇怪的是，從這一關開始，他們好像不

在意我們認出他們的長相，不怕我們離開鬼屋之後會控告指證他們似的。

而最關鍵的是，這次的指令到底是甚麼？

兩難局面

眼見危急之下，相比起猜測指令，如何保命更為重要。

在我面前有三個選擇：跑向鋸刀男、跑向醫生、或站著不動等他們兩個殺過來。

「趁個警報聲未完，我哋跑得走就無事！」我高呼並起步向醫生衝去，沒辦法，他外貌著實沒鋸刀男那麼具威脅性。

距離我們和他之間的長長走廊上有一個路口，只要跑到那裡再轉多幾個彎，他一定找不著我們！

期間鋸刀男和醫生仍乖乖地沒有任何行動，警報聲踏入尾聲，不過我們還有小一段路才到達那個路口！

*「嘭、嘭、嘭！」*後方響起非常震耳的踏跑聲，鋸刀男展開了追逐戰！

醫生擠出滿臉皺紋的笑容，跑向我們夾攻過來！該死！！！

不如人蟲實驗那樣純粹折磨我，他們二人衝過來時殺氣騰騰，伴隨雙眼射出獸性危險的光芒，直覺告訴我他們這次要殺死我們！

我硬著頭皮衝向醫生，正式交峰之際，他亮出指間銀針——針灸用的那種長長細細的針——對準我正臉插過來！

我偏一偏頭想要避開，卻被戳中右邊臉頰，一陣灼熱的赤痛害得我整個人往左方傾過去。身手靈敏的他馬上抽出另一支針，而這次的對象是 Asha！

「仆……」我死命把針拔走時，鋸刀男已經「*咚*」的一聲停在我面前！

舉起鋸刀的他，高大得甚至把頭頂的燈光都遮蔽住，眼前忽地昏暗起來！

不行！雖說現在是緊急關頭，冷靜的我仍不忘兔子男曾叮囑不可攻擊他們的「生物」，之不過平常人如 Asha 則不一樣。

我掏出藏在褲子後袋的匕首，迅速塞向 Asha，我當下又被「中醫師」刺中右手手臂，幸好不是左手的蜈蚣傷口處。

我大聲喝令 Asha：「插死佢！」

其實在我把匕首交給 Asha 的那刻，我已暗自盤算她會乖乖攻擊中醫師。第一，她不像受過專業訓練的我，懂得如何在打鬥間保持冷靜思考；第二，「遵從領導者」的潛意識深深植根於她腦內，加上人在危難時的反射動作是保護自己。

情急之下，她接過匕首即刻捅向中醫師的魔爪，刀刃幾乎貫穿中醫師的右前臂，猛抽出來後血液頓時湧出傷口。

做得好！然而，我該如何對付面前的鋸刀男？

他的刀快要向我肩膀砍下來，我正準備閃身躍往右側時，他竟然倏地止住落刀！一臉平靜的他，把視線投向我隔壁的 Asha！發生甚麼事？

我瞬間彷如變成透明般，連中醫師也不再理我，忍著痛與鋸刀男一同背對我，圍堵 Asha！

「救、救命呀！」Asha 用匕首交替指向中醫師和鋸刀男，目光流露著驚慌，身體向後退，「Zach 救我呀！」

這裡只有我和弱弱的 Asha，根本不是兩個大男人的對手。我難得安全，當然不會為了她再讓自己身陷險境，換言之，我選擇見死不救。

鋸刀男再度高舉手鋸，斜向地劃過 Asha 的身體，由肩膀到胸前，一直落至腰部，血花瞬間爆發灑向他們三人，距離他們幾步之遙的我，有如局外人般目擊著這一切。

即使不及天韻般誘人，可是親眼目睹 Asha 受苦，實在叫我不禁興奮起來。只可惜動手的人不是我，否則我絕對會讓她跪下來向我求饒幾番才繼續折磨她。

因受傷無力，Asha 手中的匕首滑落地上發出「*哐*」的一聲，而她發現我居然在如此情況下竊笑時，愕然地盯向我。接著她轉身步履蹣跚地想逃命，大概奢望自己仍有活命的機會。

走沒幾步，她被中醫師抓住，背部朝天地被推倒在地上。

趁他們三人糾纏期間，我靜悄悄退到一處，理性告訴我現在是脫身的好時機，可是最後敵不過欣賞好戲的引誘而選擇留下來。

中醫師保持友善的笑容跨坐在 Asha 的大腿上；鋸刀男無聲地踩住 Asha 左手，好讓中醫師展開他的變態行為：情緒高亢的他幾乎忘記了自己已受傷，一手用力地握緊 Asha 的食指，一手捏住銀針，由她指尖那指甲連住肉的連接處，精準地、狠狠地插進去！

「嗚！！呀！！！」Asha 痛苦地嘶叫起來。

眼見血液自 Asha 指尖和身體流往地上，中醫師仍未滿足。他以深入 Asha 手指的針尖為軸心，拿著針柄無情地左右搖動起來！

一陣淒厲的哀號之後，有一小片染血的東西自 Asha 指上脫落。雖然我看不清楚，但很明顯那是她的指甲！

幹！中醫師在生剝 Asha 的手指甲啊！

地上的小小血泊讓我的呼吸變得紊亂，身體開始滾熱，我好像開始了解中醫師和鋸刀男，甚至整間鬼屋員工的心態。

他們是一群與我同樣因別人受煎熬、大叫而興奮的所謂「虐待狂」（雖則我不喜歡這標籤式的名字）只是我不如他們這麼愚蠢，聰明的我從不犯法。

所以，這間鬼屋真的屬於由虐待狂所組成的地下組織嗎？久不久駭入 MKM 的系統，挑幾個受害人來盡情折磨，事後再把所有罪證清理，把罪行推落 MKM 然後銷聲匿跡一陣子再出來犯案？

如果是這樣，無理由會沒有受害人控告他們啊？

還是，根本沒有「受害人」，只有死者，才能保持沉默？

這麼說，他們早晚會把我們全部人殺光？可是一開始兔子男說過，只要遵守遊戲規則就能離開，難道我遺留了甚麼重要的線索嗎？

中醫師在我思考期間，已用另一根針戳入 Asha 的無名指，不過這次她只發出呻吟聲，看來快要陷入昏迷狀態，她半開的雙眼從頭到尾緊盯往我身在的方向。

「唔關我事㗎……我都唔想㗎……」我喃喃道。

突然醒覺他們對付完 Asha，下一個就輪到我！我嚇得馬上移向路口處，見中醫師他們沒有追來，決定繼續悄悄多觀察一會。

假設這一切果真是為數不少的變態虐待狂所策劃的屠殺，但是失蹤者的親屬總會報警吧？然後引來媒體大肆報導才對啊？可是卻從未聽過這件駭人的國際性新聞……還是說，這個地下組織誇張到連警員也加入其中？整件事就如此簡單？

關於活命的方法，我一定要找出來！

此時 Asha 左手五根指頭已經被剷光指甲，露出血淋淋的爛肉。她痛得失去意識了，只不過他們還是不肯收手，把 Asha 反過來，中醫師掏出兩支針筒，為她分別注射了不知名的藥劑，然後大力拍打她臉部。

好病態！他們想叫醒她，就像為我施手術時一樣，要她在清醒下受苦！

其中一劑藥劑是麻醉藥準是沒錯。而且鋸刀男剛剛的刀傷故意沒有砍得太深，所以Asha暫時並沒有因失血過多而死！高招！

未幾Asha醒來，發現等在她面前的是中醫師和鋸刀男後，她即時雙眼瞪大，眼眉八字地皺起再次放聲尖叫。

「Tejal！救我呀！」她以坐著的方式向後退，拉開雙方距離，沒有發現躲在轉角後的我尚未離去。

中醫師上前把Asha面朝天地壓倒在地上，再次坐在她大腿上；鋸刀男配合地走到她頭部跪下來，用膝蓋按住她的雙手，大叫掙扎的她人就如此再次被「釘」在地上。

這次，他們又想「玩」甚麼……？

針灸療法

鋸刀男默默從他的小腰包裡掏出一支小小的丫形不鏽鋼支

架，小心翼翼地放在 Asha 的右眼上，中醫師協助撐大她的眼皮，調整過後丫形支架牢牢被她的上下眼皮夾住，看來那是用來撐開眼皮的手術用固定器。

弄好 Asha 的右眼後，他們再掏出一個固定器準備放在左眼上。

「我求下你哋放過我……」Asha 嚎哭的求饒奏成最動人的音樂，「你要我做咩都得……唔好殺我呀……」

中醫師首度開腔，帶有口音的不純正英語，看來不是在外國長大，他說：「你唔使驚，唔好郁嚟郁去。傳統嘅中醫學有一個刺針法叫做『提插法』，令支針可以拮入正確嘅穴位。」

說甚麼鬼話啊？

Asha 再也聽不進任何話，拼命哀求二人放過她。

中醫師笑了笑，銀針再次略過 Asha 眼前。他兩指緊掐銀針，俯身向前把針尖直直戳進 Asha 的右眼！

不曉得是否麻醉藥不夠，卻又未至於痛昏，她痛得雙手緊緊握成拳頭，四肢不自控地揮動。

「呀、呀呀呀呀！！！」有如女人的呻吟聲能讓男人興奮，Asha 這痛叫的聲音同樣使我身體緊繃起來，心臟怦怦地跳動，下半身霎時傳來一陣暖暖快感。

所謂的「提插法」，原來是以針在她的眼球裡上下來回移動！中醫師把針扎到她的眼球深深處，再慢慢拉起，然後又重新扎進去！

她右眼的眼白被血染成紅色，血水從眼球滲出來，往臉旁流下一道血淚！

Asha 本來就長得不太漂亮，再配合這副鬼樣，讓我有生理反應的重要部位瞬間冷卻下來，甚是掃興。

任由銀針留在血色的右眼球上，中醫師喜孜孜地掏出另一根針，準備進攻她的左眼！他換了角度，從眼球側邊把針橫向地刺進去！

我懷疑她體內的麻醉藥漸漸退去，Asha 痛得噤聲，更在我眼前失禁了！先是她的褲襠位深了一片，然後有一灘液體滲出褲外、流向四周，燈光效果之下，尿液被奇怪地映成紅色，站在遠處的我彷彿聞到尿臭味。

中醫師的腳正正落在被尿液波及的範圍，從他怪異的笑容消失，換成厭惡，最後是生氣地皺成一團的表情，我就知道……這下 Asha 糟糕了。

他先是鼓著氣地輕彈橫插於 Asha 左眼球上的銀針，害得她*「呀呀」*大叫，血水自左眼滲出；再一手把銀針拉出，調整角度，從眼球正面用針快速像塗顏色般胡亂劃傷！

「呀！！對唔住呀！」Asha 瘋狂掙扎。

頓時看得我雙眼又乾又澀，情不自禁地狂眨眼。

糟塌完 Asha 的雙眼，中醫師總算回復笑容，肯收手了。

然而變態二人組又換動作，離開 Asha 身上站起來。Asha 獲得自由後繼續癱軟在地上哀鳴，看來是放棄了求生吧？

「起身。」鋸刀男以帶有濃濃鼻音又低沉的聲音對 Asha 說。

輪到鋸刀男出手？怎麼 Asha 還不死？

見她對鋸刀男的指令毫無反應，中醫師用力把她扶起，推她以背對鐵絲網站立，然後逕自走到幾米外的一間房間，拿了十幾根白色塑膠索帶和一塊髒布條回來，期間右眼上還插有銀針的 Asha 不知所措地任由雙眼雙手流血，無助地呆立在原地，遠看起來倒有在休息室遇上那吊頸女鬼的影子。

如果要救她，這是天大的好機會！只是要把我寶貴的生命作賭注，去救這個半死的醜女實在太浪費，我理所當然地沒行動。

鋸刀男接過部分索帶後，和中醫師默默地把 Asha 的雙手雙腳綁在鐵絲網上，失去求生意志的她全程身體發抖，牙齒因震顫而摩擦觸碰發出「*咔咔*」聲，狀甚慘烈。

兔子和貓在被虐殺的過程中，也會經歷如她現在這些階段。先是不解地望著你把牠們綁起來，當你用㓥刀一刀刀地割傷牠們時，嘶吼後往往用帶淚的無辜眼神求你停手。

你永遠想像不到平時乖巧安靜的兔子，在受到極度痛楚時所發出的叫聲可以有多沙啞。反倒小狗被殺時的震撼沒兔子來得激烈。這也是我一直沒對天韻養的幾隻小狗下手的原因，雖然牠們最後還是病死了。

「絕望」是最後的階段：認知自己難逃一死，就像現在的 Asha，軟癱癱地任由宰割。

她大字形被固定在看似殘破的鐵絲網上，口裡纏上布條綁在後腦一圈，以防她在中途有意無意咬斷舌頭死去吧。

腦海中忽地閃過某個想法讓我心中一寒！

一路上霉爛的鐵絲網只要大力推撞就能破壞，可是此刻即使把垂死的 Asha「掛」在上面，竟然沒有斷裂的跡象。看來這區域的鐵絲網是特製的，還故意噴上顏料使它看起來跟其他區的沒有分別。

更甚的是，偌大的血色迷宮起碼有幾十個房間，中醫師又怎麼知道哪裡有他所需的索帶和布條？

答案是，一切均經過鬼屋的精心計算。他們把要用的物品預先放好。我和 Asha 踏入這區，等於墮入死亡陷阱，變態二人組不會巧合在警報聲響時一頭一尾包抄，他們早就待在這裡！

接著，新的問題來了：他們到底是設好了陷阱隨便讓任何人進去，還是他們的目標本來就是 Asha？

我不禁打了個冷顫，把自我們踏入這附近的事回想一遍。警報聲的確在我們走到這區後瞬即響起，之後變態二人組一開始襲擊的人除了 Asha……還有我。

換個想法，鬼屋設立迷宮是為了分開我們八人，好方便他們獨立處理「目標人物」？假設是這樣的話，為何不設於一開始的蛇蟲區那邊？

是因為他們需要時間。他們要時間觀察我們當中，誰才是他們要除去的「目標」。那麼看我和 Asha 在蛇蟲區的表現便能推測是誰嗎？不對，我搖搖頭……

腦海閃了一道光！我在純白休息室分析過他們的遊戲指令！他們不想我們懂得「玩遊戲」！

其實並不矛盾，他們定下遊戲規則、設下賭注，而遵守規則、懂得玩的人便是贏家，可以離開鬼屋。如果我們八人全部安然逃出，正正是他們最不想見到的結果——他們輸掉。

如此一來，一切說得通了！

一群玩家當中，總有太聰明的人如我，而我正是鬼屋要除掉的目標！

鬼屋預算在這一區前仔細觀察、鎖定目標，然後再到血色迷宮這關除掉他！中醫師配鋸刀男守候、特製鐵絲網、收藏物品的這一帶，正是血色迷宮的陷阱，只要我走入來必死無疑。

而走散了、不知道詳細情況的其他人，只會以為我是剛好不幸被殺而已，不然我們八人一同遇上殺人犯時，唯獨只追殺我一人的話就會太明顯，讓綺淇他們起疑。

然而，要是目標人物是我的話，為甚麼中醫師他們會專心攻擊 Asha 而忽略我呢？

不不不，現在沒有悠哉冥想的空餘時間，我要在變態二人組快處理完 Asha、準備向我埋手之前得先躲起來！

我打算轉身跑走前，鋸刀男已經站在 Asha 面前，他背對我，看不到他的表情。只聽見他說：「願主寬恕你的罪，阿們。」

祭祀儀式

該說鋸刀男比中醫師仁慈嗎？他沒有如中醫師般玩「花招」，而是直截了當地把 Asha 活活肢解殘殺！

儼如進行神聖儀式一樣，鋸刀男先是小心翼翼地脫下 Asha 的安全帽，放在一旁地上。然後從左手開始，他捉住她的左上臂，把手鋸砍向左肩頭。不像電影出現的經典場面，手臂沒有即時斷下來。

大量血液從傷口湧出，由於手鋸不如電鋸有效率，鋸刀男得死命地在傷口上來回拉鋸，才能鋸斷人的骨頭，還不時發出「*咿咿*」的可怕尖銳聲，害 Asha 得承受極大的折磨才能死去。

她沒如我預期會痛得發出刺耳的尖叫聲，只有不規律的咔咔

磨牙聲，配合眼前的血腥景象，整個聲音畫面不搭配得相當詭異。

鋸刀男的切割讓我想起在西餐廳吃三成熟的牛排，餐刀切開肉塊時，仍是深紅色、半生熟的肉。可惜那是死肉，不像眼前這印度女人，鋸刀殘忍地愈切愈深時，血液因刀刃移動而濺起，血花甚至像小雨點般噴灑出來，把整個空間染成一點點黑紅，在紅色燈光下更顯深色。使得鋸刀男不時用手背抹走護目鏡上的血跡。

選用手鋸能把折磨過程延長，相比起來，貌似更駭人的電鋸卻只屬短痛。

我忍不住搖搖頭，鬼屋精心策劃的虐殺實在狠毒至極。

肢解了左右手之後，Asha 已經徹底變成一個血人。兩邊手臂與身體脫離的她早已痛得昏迷，現在上半身只剩下脖子被綁在鐵絲網上，使她整個上半身向前傾，脖子被勒出一道深深的紅痕。

源源不絕的血液從上半身左右兩邊的傷口處湧出，究竟她已經死掉？還是昏倒而已？兩隻斷掉的手臂狀甚詭異地被亂丟往地上，就像一個無用的垃圾，沒有人願意多看一眼。

完成上半身後，鋸刀男已經汗流浹背。他唸唸有詞地道出類似聖經禱文的句子，並展開對 Asha 下半身的工作，期間中醫師用恍如欣賞別人在作畫那樣神情輕鬆在旁注目。

鋸刀男挑了大腿最多肉的正中央開刀，一樣要費力地來回拉鋸慢慢把肢體分離，手鋸更疑似是使用過度而變鈍了，切到骨頭的部分有點卡卡的。

這時，輪到我的惡夢開始了。該死的麻醉藥慢慢退散了！本身隱隱作痛的蜈蚣傷口，現在像是有一千隻螞蟻在爬來爬去，怎料刺痛感突然倍增，痛得我差點叫出來。

我把繃帶稍稍翻開，矛盾地期待蜈蚣也跟著醒來，畢竟牠有利用價值。結果牠竟然仍是死翹翹地霸佔著我的前臂！牠的麻醉藥散了，卻沒有醒來，無疑是死掉了。簡直是垃圾的人蠱實驗！逃出鬼屋之後第一時間絕對要拿走牠！──前題是我先要從疼痛中成功逃跑。

不行了、不行了……我不可以在這個節骨眼暈倒，他們解決完 Asha 一定殘殺我！

接著，我的意識不爭氣地離我而去了……

……

「呀！！！」我被自己的驚叫嚇醒，我到底昏睡了多久呢？

蜈蚣傷口的痛楚再次消失了，有人趁我暈倒後替我打針止

痛？是誰？是鬼屋的主意？還是他們有內鬼，悄悄來協助我？

慢著，怎麼面前的景象很眼熟？

「仆街！」是和平時刻！紅燈再次熄滅，需要靠小頭燈的短距離照明。

我望望自己的身體，四肢完好無缺！

為甚麼變態二人組會放過我？該不會忽然良心發現……哦！

他們襲擊我和Asha時，在一剎那間態度劇烈轉變，不再理會我。我想我猜到他們主力集中殘殺Asha的理由了！

看我仍能生還，那就足以證明，他們對付我和Asha並不是按先後次序——先殺她再殺我，而是他們只能殺Asha。假設我之前推測的成立，這關他們本來的目標只殺我一人，重點是「只殺一人」。

原本計畫是殺我、只傷害Asha，可是Asha出乎意料地犯規攻擊他們，他們只好懲罰她，所以要殺死她。不知道每次懲罰方式是否相同，總之這次的懲罰是死亡。

或許他們殺完Asha可以再殺我，他們並沒有這樣做的唯一

解釋是，他們不可以殺超過一個人。我認為，這區（可能其他區也是，我不確定）的潛規則是：我們當中每關只可以死一個人，這正是變態二人組放過我的原因！

試想想，要是鬼屋精心計算我進入中醫師那陷阱區，怎可能讓我活著離開？唯一原因是他們殺了 Asha 後不可以殺我。

哈哈，一想到他們兩個氣得咬牙的樣子就想笑，那麼 Asha 也死得蠻有價值啊，至少保住了八人之中最聰明的人——我，這條珍貴的性命。

至於 Asha 的下場呢？

冷靜下來，我發現自己正躺在一灘黏答答的液體上面，四圍黑壓壓，應該在某條走廊上。我正想爬起身時，頭燈照向地上，「屌！」我不禁破口大罵。

我正躺在血泊上！而且！而且！人體肢體一件件堆疊在我周圍！

「仆街，好撚臭呀！」腥臭味此刻才撲向我鼻孔，簡直是街市豬肉檔那種死肉味的加強版。

不容置疑，Asha 被鋸刀男肢解後的殘件隨處被丟到地上。

最噁心是在我右邊、Asha 沒手沒腳沒頭的身軀，本來已經夠嚇人，鋸刀男還要把她開膛、挖出所有內臟到處丟，害我要淋浴於血漿和內臟的混合物之中！一綑大腸更擱在我小腿上！

登時感到胃裡一陣翻騰，胃酸快要湧上喉嚨！

整個場面是真真正正的血肉橫飛！大腿的橫切面帶有一條條斷不了的血管，不知道連住神經還是肌肉的眼球奇怪地出現在斷掌上！

鋸刀男分屍完之後還要玩弄碎屍！他到底長了個甚麼腦袋！

我欣賞的是人類的反應，尤其是美女被虐待的過程，而絕非對血肉或屍體有另類的齷齪喜好！

差點被血液滑倒，腥臭味沾滿全身的我，辛苦地從血泊上站起來，趕緊離開這堆被砍成一塊塊的骨肉！

沿路上沒有遇上任何人，然而跑到某個三岔口時，奇怪的事又再發生。

我聽到從很遠很遠傳來「*噠、噠、噠*」的聲音，而且愈來愈大聲，好像有甚麼東西正在逼近我。

我躲到路旁朝那東西的方向看去……

噠、噠、噠……

當那東西彈跳到眼前，我才看到是甚麼。一個普通足球，黑白色那種常見款式，在無人的長長走廊上，自遠處彈到我眼前，再經過我，朝另一邊跳走……

甚麼意思？要跟我玩踢足球嗎？

詭異足球

這種情況下，接球或是走到球被拋出來的那邊通常會出事，於是我轉身走向另一邊（足球彈走的方向），沿路上沒有見到足球，彷彿剛剛那足球是我幻想出來似的。

走著走著，來到另一個岔口，正當我猶疑時，又聽到足球彈跳聲。

噠、噠、噠……

今次足球從左面彈過來，我想了想，還是走到右邊。心裡有種說不出的異樣。

類似情況大概過了幾次，可是我走來走去仍在漆黑的迷宮裡，甚麼事也沒發生。正在想鬼屋怎麼可能對我這麼好時，足球聲再次從後方響起。

噠、噠、噠……

足球自遠方漸漸接近，來到頭燈燈光照射範圍時，我才發覺足球跟之前有點不一樣。好像……比較髒？沾有很多毛還是甚麼的……

「哇！屌你！」下一秒當它慢慢停在跟前我才看得清楚！

是！人！頭！

我拔足狂奔，之不過那噁心人頭的影像已經深深烙在腦海裡！

那是 Asha 的頭顱！長髮散亂在頭上，眼窩因為眼球被挖走變得空空如也，清晰可見那連住脖子的骨頭和肌肉！

頭顱比足球重很多，接近我時再也彈不起，只徐徐滾到腳邊停下，正臉朝地。然而我跑走前最後一幕彷彿見到它把臉轉過來，還發出死前那種「*咔咔*」的磨牙聲！

「唔係猛成咁呀嘛！」我邊跑邊大叫，鬼屋員工一定聽到我的話：「屌你唔好玩我啦！」

一般人可能會因內疚而發瘋，不過我沒有錯！為我犧牲是Asha的光榮！

我再次遇上十字路口，正舉步往右走時，後面忽然傳來急速的腳步聲。可能才剛被Asha的頭顱嚇完，使我非常警覺，來者的跑步聲聽起來很有目的，向著我直奔來似的。不安感充斥我全身，本能驅使我向前逃跑起來！

來者不善！

「呀……呀……」捉不到我，後方傳來女人歇斯底里的咆哮，聲音低沉沙啞得又像是男聲。

我不敢停下來，回頭望向後方……

「仆街！死撚開啦！」尖叫後我出盡畢生的爆發力拼命向前衝！

後面的女人猶如，不，直情是電影《驅魔人》裡面被鬼附身的女人！

身穿骷髏連身睡裙的她，滿臉傷痕、雙眼眼珠呈混濁的奶白帶藍、牙齒參差不齊、牙縫沾有奇怪的黑色污漬，全身散發像幾十天沒洗澡的體臭。

「呀！呀！」她把口張開得大大瘋狂亂叫著。

最恐怖是甚麼？她的雙腿是倒著走，但頭是一百八十度向後扭，以正臉朝向我可是身體向後方的姿態追趕著我！

不解的是以這種方式她竟然可以跑得快速！

接著我聽到「*嗞嗞*」聲，類似腐蝕性液體淋中甚麼而發出的聲音，自很接近我四周的鐵絲網響起。

回望一眼，原來是背後的驅魔人正對準我，從嘴巴噴出一坨坨綠色黏液！

我閃避不及，小腿位置被液體濺到，發出「*嗞*」的一聲，褲管好像冒出了些小白煙（但由於燈光晃動我不太確定），褲管被噴中的位置開始破洞，液體滲到皮膚上，馬上灼燙起來！

媽的！是強酸（或強鹼）！

怎麼辦……我邊跑邊想，她會不會是人體實驗的受害者之一？其實即使是員工，我也是可以踢開她吧？因為這一關已經有一名死者，就算我再犯規攻擊員工，應該不會被殺吧？

我猶豫一下，最後還是打消了念頭。雖然我對自己的推理頗有自信，只不過「不會被殺」不等於「不會被傷」，我可不想和「驅魔人」糾纏時遭她吐口水還是怎樣。

燈光搖晃之下我發現前方已經沒路！咦？慢著……我來到樓梯間，階級是向下的。

身後的腳步聲很接近了，左右沒路走，只好向下拼命衝！

跑了十數級，或是二十多級？太亂我沒法數清楚，一道木門出現在眼前，門上一道道刀痕……很眼熟……

我記起了！像極我們進入鬼屋前，在大堂等候時的那道門！上面佈滿有如被指甲抓下的刮痕，難道不是裝飾設計，而是像我現在，人被逼到盡頭時拼命想開門和求救，無情的門卻仍然緊閉？只好絕望地想要抓破木門？可是大堂那木門是在鬼屋外啊？該不會有人發瘋死要進去鬼屋玩吧？

我撲向木門，本以為門會是鎖死開不了，然後後面的驅魔人會追過來，所以我集中全身力道在右肩膀上，側身撞向木門。

結果，門鎖沒有上鎖，一扭就開！

我被自己的衝力帶動，整個人止不住跌入另一間空間。熟悉又溫暖，整間純白、燈火光猛又乾淨的白色房間！

我過關了！

木門裝了回力鉸，自動關上了，驅魔人沒有追進來。

環視窄小的白色休息室，房間裡連我在內共有五個人。

我冷靜想了想，説不定，詭異足球、Asha 頭顱和驅魔人就是這麼一回事了！待會要跟他們一一確認……

聖地牙哥
鬼屋

你聽說過嗎？

聖地牙哥鬼屋

San Di
Haunted

AREA 3
適度挑戰

竊聽疑雲

這間休息室跟上次那間幾乎一樣：兩道上鎖的門、無任何裝飾、地上散落食物和飲品，只是多了一個塑膠水桶。

坐在地上的人一臉倦態、身上帶有血跡，可想而知此關人人受襲，包括印度男 Tejal、美女綺淇、港男阿忠和大隻佬 James……我的天韻呢？

Tejal 看見滿身是血的我馬上瞪大雙眼撲過來，緊張地抓住我雙手問：「Asha 呢？我老婆去咗邊呀？」

可惜主宰發言權的人是我，我問綺淇：「天韻呢？」

不待她回答，我撇開 Tejal 的纏繞、拿地上的水清洗身上的傷口。身上不止有變態中醫師弄的針傷，還有驅魔人把腐蝕性液體噴往我小腿後，造成面積不小的紅腫灼傷傷口。

她略皺秀麗雙眉，「我唔知，行行下佢哋走失咗……Ethan 都唔見咗。」

不可能啊！該不會過關條件是要三個人死吧？

慢著，首先最重要做的是……我一把將安全帽摘下，掉到地

上，亂腳想要踩爛它！

其他人以為我因為失去天韻而發瘋，阿忠站起來把我拉開，「你冷靜啲啦，天韻死咗大家都覺得好可惜，但係你唔好咁啦，佢都唔想見到你咁㗎！」

我霎時一怔，「你做咩咁肯定佢死咗？」而且連他也感到可惜，該不會又看上了我的天韻吧？

Tejal 上前追問：「我老婆呢？」

綺淇無視 Tejal，一臉憂心地走向我勸說道：「人死不能復生，你坐低先啦。」

我趁機裝出一副可憐樣，把頭倚向綺淇肩上，她身上芬芳的汗味令我不禁幻想跟她親熱時，她那汗流浹背的熱情表現。

James 的問話讓我清醒過來，「你都發現有古怪？」

我怔了一下，離開綺淇，跟大家一起重新坐下來，假裝調整心情、深呼吸問：「頭先我哋走散咗之後，你哋一直都喺迷宮度？」

James 說：「係呀，你哋呢？」

「都係，不過我哋完全聽唔到你哋把聲。我懷疑周圍裝咗隔音板之類嘅嘢，令我哋唔可以憑大叫大嗌嚟搵返對方。」好把目標人物，即是我，隔離起來以殺死。

「我都係咁諗。」綺淇說。

根據人體實驗室那關的經驗，兔子男即使不親身在場仍對我們瞭如指掌，說明鬼屋處處裝有偷聽器和偷拍鏡頭，我說：「然後我就諗，咁樣應該好難單靠偷聽器嚟聽我哋講嘢，換句話講，佢哋無喺個場地度裝偷聽器，而用咗另一個方法……」

阿忠插口道：「咁索性唔偷聽咪得囉？有閉路電視㗎嘛。」

「如果淨係用閉路電視嚟監視，鬼屋好難掌握我哋嘅計劃，淨係知道我哋走咗去邊，但係就難啲控制我哋嘅行動。」他們要把目標人物（我）引去指定範圍，得先掌握一切。

任何一個變數均會影響跑進指定範圍的人，而且人愈多愈難控制當下發生的事。這次 Asha 誤跟我走在一起、誤聽我的指示而死掉，這些也屬鬼屋意料之外。

我打開水瓶喝了一口，續說：「但係因為無辦法喺迷宮入面裝偷聽器，佢哋就改咗做法，變咗裝喺我哋身上，而佢哋畀咗唯一一樣嘢我哋，個個都有用嘅，就係你哋依家戴住嘅安全帽。」

「咩話！」阿忠立即脫下來丟往地上。

剛剛我起勁想弄破頭盔並不是因為天韻的事而氣憤，是真心想毀掉竊聽器。

James說：「其實我都想整爛佢，不過驚會觸發過關條件，搞到無得喺度咁。」看來他不全然是頭腦簡單之人。

「而且呢間房咁細，應該有偷聽器啦？整爛咗頂帽都無用。」綺淇提出。

我說：「你哋講得啱。不過成間鬼屋咁大，我唔信佢哋每個角落都有收音器，出到去可能都係無裝收音器。加上我唔想等陣嘅討論俾佢哋聽到晒。」我不想繼續成為他們的敵人。

Tejal終於忍不住扯起我的衣領，激動地問：「我老婆呢！還返個老婆畀我呀！」

「搞掂咗啲偷聽器我就會講。」

他的臉唰的一下紅了，鼓著氣坐在一角瞪向我。

James說：「其實要整爛個偷聽器，唔使整爛成頂帽嘅。」

他默默把自己的安全帽翻來翻去檢閱，然後把小頭燈脫下來，扭轉幾下，靈巧地把它拆件，然後拿出一顆小小黑色圓形物體遞給我，「呢個就係。」

我以眼神請示綺淇的意見，她淡然點頭，「博一博啦。」

我接下後把它掉在地上奮力地踩碎，其他人的偷聽器同樣被取出弄毀，並沒觸發任何事，看來弄壞偷聽器不是這關的指令。

我問 James：「點解你好似好熟手咁嘅？」他是第一個懷疑我們身上有偷聽器的人。

支支吾吾的他正要開口，木門再次有動靜。撞開門衝進來的是天韻和 Ethan！

「Zach！」她即刻向我撲來，緊緊抱住我。看來沒受重傷，反而 Ethan 則一跛一跛地走過來坐下。

「天韻你無事呀！」阿忠歡欣的心情寫滿臉上，正狗公！

「你哋無事嘛？」綺淇的表情若冰，卻走到 Ethan 身旁照料他，用「冰山美人」形容她再適合不過。

天韻鬆了一口氣，搖頭說：「我無事呀，但 Ethan 為咗救我俾個護士插咗一刀。」

Ethan 擺擺手，「皮外傷啫。」

眼前這個斯文的 Ethan，明顯已經被我可愛的天韻迷倒了！不行，得找機會除去他！

把他們二人的偷聽器也破壞掉後，大家小心翼翼地吃喝起來，生怕會碰到甚麼東西而誤做了指令。

我說出在迷宮跟大家走散後發生的事，可是關於 Asha 的死，我沒有如實告之，「嗰刻我無諗過點解佢哋會無啦啦追住 Asha，等陣會講我事發後嘅推測。總之鋸刀男佢哋將 Asha 打得好傷，又綁住我，最後成班人嚟將佢拖走咗。我諗係帶佢去醫護室，所以 Tejal 你放心，佢應該唔使再參加呢個遊戲，除非佢醒返。」

為免大家陷入恐慌，我只好隱瞞有人被虐殺致死。

「吓！你做乜唔救佢？」Tejal 斥喝：「佢整傷咗邊度？有幾傷呀？」

不要煩了好嗎！她已經死了！笨蛋！

「我啱啱都幫佢擋咗幾下，」我指指臉上的針傷和小腿的傷，「不過之後就俾佢哋綁起咗。至於 Asha 嘅傷勢我諗唔輕，佢哋推走佢嗰陣昏迷咗，身上有啲刀傷同瘀傷，但無致命傷，應該休養一排就無事。」

我不說出 Asha 因襲擊員工而死的原因有三：第一，會影響士氣；

第二，如果 Asha 在我身邊被殺死，無論是否出於我的原意，Tejal 一定視我為敵，反倒告訴他 Asha 受重傷，因而不用再受變態遊戲的煎熬，可能對他來說是個好消息；

第三，兔子男口中的「攻擊鬼屋員工會受到懲罰」，而該懲罰就是死。這點我覺得之後可以好好利用，當然也不會告訴 James 他們任何人，以便在我危急時一如推 Asha 去死般，推其他人代我而死。

說罷，Tejal 如我所料閉嘴在沉思，沒有再吵嚷。

我擔當討論的主持人說：「繼續返啱啱嘅話題，James 點解你好似好熟悉頂帽啲嘢咁？」

「因為佢係記者。」Ethan 回答道，其時綺淇用水替他清洗小腿的傷口，幸好傷口不太深。

James 反應很大，他登時厲聲問 Ethan：「你做乜講出嚟呀？！」

他們果然有秘密瞞著我們？

Ethan 回道：「其實啱啱我已經同天韻講哂我哋嘅事。事到如今，我覺得可以講出嚟畀大家知，而且佢哋唔似壞人。」

很明顯是天韻讓他卸下心防啦！剛剛與天韻單獨相處，他一定很爽！愈想愈生氣……

James 嘆氣坦白道：「係，我同 Ethan 一直講緊大話，呃緊你哋，我哋唔係攞大假嚟美國玩……」

來歷之謎

「我係記者，裝同拆偷聽器呢啲嘢梗係難唔到我。」James 雙眼巡視我們眾人一圈，說：「幾年前因為工作需要，調查幾單失蹤案嗰陣識咗 Ethan，無錯，我哋唔係同事。查下查下，我哋發現呢間鬼屋好可疑，就諗住膽粗粗報名嚟搵下線索，點知入到嚟先發現一直有人冒充 McKamey Manor，我哋亦完全無諗過呢度會玩啲咁變態嘅活動。」

「幾年前？」冰雪聰明的綺淇問：「即係話呢間嘢起碼有好幾年歷史？」

「至少有五年。」James 點點頭，「我同 Ethan 大概兩年前先識。」

「咁點解唔報警呀！你哋明知有唔妥仲入嚟？」阿忠問。

「呢啲失蹤案係懸案嚟，喺最大嫌疑嘅 McKamey Manor 嗰度又查唔出啲咩，警方都好頭痛。」James 說：「Zach 都係差人，我諗香港都有好多離奇失蹤案，到依家都仲係懸案啦？」

我點頭，他說得沒錯，沒有證據的話，警察不能貿貿然衝入鬼屋，「咁你哋入嚟呢度呢件事，有無同警局備案？」我問。

「因為 McKamey Manor 早就被排除喺嫌疑犯名單外，警方唔會受理。但我自己同其中一個警察 Nick 熟熟地，佢知我呢幾日會入嚟。」

「屌你！」麻煩 Tejal 又用粗口問候，「識差佬咁你叫埋佢嚟啦！多幾個好似阿 Zach 咁揪得嘅先好入嚟嘛！」

「揪得」應該是指我頭腦好吧？雖然論打架我也很強。

Ethan 接著說：「我哋同佢傾過好多次，不過佢認為疑犯唔係 McKamey Manor，睇死我哋今次白行一趟，仲叫我哋唔好嘥錢。」

阿忠說：「咁佢今次實跌晒眼鏡啦！咦唔係喎，如果你哋夠鐘都唔搵佢，咁到時佢咪會叫晒成班警察嚟救我哋囉！」

「如果撐到八個鐘嘅話。」我說。

綺淇繼續發問：「James 會查失蹤案，頭先話係因為工作需要。咁 Ethan 你呢？」

和 James 對望一眼後，Ethan 說：「我細妹嘅未婚夫喺幾年前，嚟美國探朋友嗰陣失咗蹤，警方估計佢係獨自行山喺山上失足跌死，搵唔返屍體。但係佢失蹤前最後一次聯絡，明明話佢嗰日會去鬼屋玩。查過紀錄，佢嗰日無去到 McKamey Manor，淨係知佢自己一個人離開咗酒店，之後無任何人再見過佢……總之成件事就好怪。」

我一直觀察 Ethan，看來不像說謊，「咁你細妹呢？同你一齊嚟咗美國？」

「佢死咗。」

「吓？」天韻問：「點解呀？」看來剛剛他們的話題點到即止。

「自從未婚夫失咗蹤之後，細妹嘅精神狀態愈嚟愈差，有嚴重嘅抑鬱症，最後佢、佢選擇咗逃避現實……佢……」Ethan 愈說愈小聲。

「即係點呀？」天韻天真地問。

不知該說她笨還是甚麼，我對她耳語：「即係自殺死咗囉，仲問！」

她吐吐粉嫩的舌頭，「唔好意思。」

Ethan 固然不介意，因為對方是天韻，他衝著天韻無力地笑了笑。雖則不想承認，他白淨的面孔，倒有幾分模特兒的感覺。

他說：「唔緊要，我接受咗現實。我要查出究竟係咩人害死我最親嘅細妹！入到嚟發現原來令佢死嘅人就係呢間鬼屋嘅人！換句話講，我係入嚟報仇！」

經歷過爬蟲區和血色迷宮，他已經篤定鬼屋是令妹妹未婚夫消失的元凶，可是目前大家還未認為鬼屋真的會殺人。

他這堅決的眼神讓我改變了主意，或許他是協助我一起逃離的好拍檔。好吧，暫時不把他放入我的死亡名單裡吧。

總算搞清楚他們二人身份後，阿忠問：「咁你哋查咗咁耐，有咩線索？」

James 回答說：「我哋手頭上查到，有十幾個人入咗 McKamey Manor 之後神秘失蹤，不過線索追到 McKamey Manor 嗰度就斷咗，McKamey Manor 完全無可疑。入到嚟先明白，原來我哋一直諗錯咗，因為真係唔關佢事！原來係另一個神秘組織做嘅！」

「吓！咁即係我哋都會離奇失蹤？」綺淇緊張地問。

「唔一定，我諗我搵到走出呢度嘅方法，問多少少嘢我就會解釋。」我問 James 和 Ethan：「關於呢個神秘組織，你哋知道有幾多？」

「我哋真係咩都唔知。」Ethan 回答：「有一部分人宣稱入過鬼屋，不過佢哋係精神病院病人。我哋有探過其中幾個人，但係個個都語無倫次，完全溝通唔到。」

「其實呢……關於鬼屋嘅員工，」天韻突然插嘴，「頭先 Zach 提過喺漆黑嗰陣遇過嘅嘢，我好似知知地係咩人……」

「乜撚嘢呀？講嘢一嚿嚿。」Tejal 皺眉道。

我瞪向 Tejal，Ethan 聲援天韻，對 Tejal 說：「你聽下人哋講咩先啦。」

「Zach、Asha 同 Tejal 行行下咪見到個細路仔，雙眼無眼白，成隻眼黑晒嘅？」天韻說：「我以前聽過美國有個好出名嘅都市傳說，就係話有班細路仔成日喺公路，或者大型百貨公司嘅停車場，同人講佢哋同屋企人走散咗，要對方俾佢哋上車，帶佢哋返屋企咁。見過佢哋嘅人形容呢班細路仔，就係同你哋頭先見到嘅一模一樣，而且都係好冷靜，完全唔似同爸爸媽媽走散咗咁。」

意思是所謂的都市傳説都是真有其事？還是只是這裡的員工喜歡把都市傳説的人物套進來而已？我認為應該是後者。眼珠沒有眼白甚麼的，戴隱形眼鏡已經可以辦到了吧。

綺淇好奇，「你唔係話你好細膽㗎咩，點解知道咁多古靈精怪嘢嘅？」

「就係睇得太多，搞到個人疑神疑鬼，依家唔敢再睇喇，最驚呢啲嘢。」天韻嘟嘴道。

我問 Tejal：「我臨走嗰陣見到個細路仔追住你，之後點？」

Tejal 回應：「追追下無咗影，屌。返轉頭搵你哋嗰陣，你哋已經唔喺度，嗌極你哋又無反應。」

綺淇問眾人：「關於呢個神秘組織，大家有咩睇法？」

Ethan 聳聳肩道：「如果呢度至少有五年歷史，一直駭入 McKamey Manor 嘅系統，禁錮咁多人而無俾人發現。咁佢哋首先一定要請一班駭客，再嚟就係請員工嚟維持呢間鬼屋嘅日常運作、照顧被禁錮嘅人等等，我覺得呢個神秘組織一定好多成員，而且個個都好忠心，話唔定係某個邪教嘅狂熱份子。」

「係喎，Zach 唔係警察嚟㗎咩？唔多唔少一定知啲嘢嘅！」阿忠說。

很遺憾，作為香港警察，遠在美國這裡的謎案，或是區區十幾宗失蹤案，我也從沒聽說過。

我說：「佢哋係邪教嘅狂熱份子都唔出奇，鋸刀男搞我同 Asha 嗰陣猛咁祈禱。」

「對方係咩人我估唔到，」James 道：「不過唔怕話埋畀你哋知，我嚟之前同班同事講好晒，佢哋有幾個都跟咗嚟美國。如果八個鐘之後我無向佢哋報平安，佢哋就會報警，同埋聯絡 Nick，所以我哋只要撐得過八個鐘就無事㗎喇！」

「屌！報警有撚用咩！」Tejal 又出來潑冷水，「佢哋又唔知你哋喺邊！」

阿忠罵道：「有 GPS 㗎嘛阿叔！James 你哋手機係咪放咗喺大堂個 Locker 度？」

「無錯，即使佢哋熄咗我哋部電話，我班同事都會知道我哋最後收到訊號嘅地點，一定會嚟救我哋！」

「話時話，我哋喺度過咗幾耐？」阿忠問我，估計他把我看成可以解答一切疑難的人。

「我無戴錶，你哋都無戴啦？」確定後我開始推算，「喺爬蟲區同血色迷宮大概分別過咗兩個鐘多少少，計埋喺上一間休息室搞呢搞路嗰幾個字，我估我哋已經過咗四、五個鐘左右啦。不過中間我暈過幾次，未必計得好準。」

綺淇說：「咁即係我哋過咗一大半時間啦！」這是全日聽過唯一的好消息。

Ethan 難得地憤然道：「成間鬼屋咁大咁多人，我仲未搵到真正嘅犯人，而且究竟係咪佢哋捉咗我細妹嘅未婚夫呢？我要親耳聽佢哋解釋道歉！」

James 補充：「我哋要嘅係真相！」

我才不理你們有甚麼爛目標，我只想盡快離開這裡。

「講返我啱啱話知道點樣離開呢度，」我繼續主持討論，「呢個諗法係過關嗰陣令我更肯定嘅。講之前，我想你哋答咗先，同我哋分散之後，遇到啲咩人，發生咗咩事？」得先確定他們沒觸發過關指令，才證實我的假設⋯⋯

挑戰者

阿忠廢話連篇，「嘩！講起頭先就驚險喇，我哋成班人走散咗，得返我、家姐同 James 一齊行，行咗一陣突然全部燈熄晒，仆街⋯⋯」

綺淇為免離題，搶著簡潔地總結，「紅燈嗰陣有一大班護士，熄燈嗰陣就咩事都無，間唔中有啲揸武器嘅人企喺度唔郁。」

果然如我所料，我問：「咁你哋點樣入嚟呢間休息室？」

「嗰陣係第二次熄燈，我哋一直向住有少少光嘅地方行，行下行下就入咗嚟。」其他人包括 Ethan 和天韻表示他們的情況也差不多。

「即係話，你哋無做過或者遇到任何嘢就入到嚟。」我點點頭，「咁樣，觸發過關條件嘅人係我同 Asha。我覺得鬼屋每關都指定咗一個『挑戰者』，好似蛇吞人同人蟲實驗嗰兩關咁，就指定咗天韻同我，咁啱啱嗰關就係 Asha，所以中醫師同鋸刀男佢哋就集中搞佢⋯⋯」

關於挑戰者，我是真心認為鬼屋有這設定，可是剛剛那關所謂的挑戰者其實是我，而不是 Asha，因為鬼屋想除去我，而且不設任何過關條件，純粹是為了殺死目標人物而設的特別關卡。

我說：「總之就有兩個變態佬狂打完佢、搬走佢之後就熄燈。我覺得啦，『有人被打到重傷』就係過關條件。」應該說，「有人被殺」才對，不過他們不用知道這麼多。

我續說：「因為喺 Asha 重傷、第二次熄燈之後，就有人引導我搵到呢度！每逢我行到分岔口，都有啲奇怪嘢趕我行去某一邊，用足球呀、癲婆（即是驅魔人）等等。好明顯就係因為過咗關，我哋唔使再玩，所以就引我哋入嚟休息室。」

「又好似係喎！我哋都係喺第二次熄燈嗰陣搵到呢度，過關時間吻合。」阿忠說：「咦，咁同你諗到點樣走出去有咩關係呢？」

「其實同我之前講過既一樣，呢個遊戲係有個模式，每關有唔同指令。依家知多一樣，每關有唔同嘅挑戰者，當然揀邊個做我仲未摸到個模式，感覺上似係我哋每兩個人為一小組。」我答道：「當佢哋指定咗某個人做嘢，咁呢一位挑戰者一定要遵守佢哋嘅指令，佢哋講咩就做咩。雖然可能要做好變態嘅事，但乖乖做就確保自己或者其他人安全喇。」

「係、係！」天韻一副難題解決了的輕鬆樣，「總之都係嗰句，佢哋話咩就照做，咁就可以出到去啦！」

儘管他們的指令無疑會難度升級，而且愈來愈讓人猜不透，然而要離開鬼屋，唯一方法只有做對指令，以勝出每一局。

作為他們的領導者，順便表現一下關心，我問：「OK，大概搞清楚晒目前情況。咁大家頭先有無受傷？」好讓我分析一下誰是負累。

除了 Ethan，其他人身上也有一些不礙事的淺刀傷。

「我有個諗法……」綺淇說：「如果我哋一直喺呢度咩都唔做，係咪可以捱夠八個鐘就走得呢？」

「係喎！家姐真係叻！」

眾人紛紛向我投來詢問的眼神。

「呢樣我之前都諗過，後來諗諗下鬼屋應該會有相應嘅行動。例如過咗某個時限會要逼我哋出嚟之類。」我猜。

「我會咁問，係因為……」綺淇罕有地臉紅了，「我有少少急……」

我明白了！

「你驚『屙屎屙尿』就係呢關嘅指令？」我問完，所有人爆笑起來，實在太白痴了。

只見綺淇仍舊苦著臉，「因為上次有安全帽，今次就有個水桶……」

她的擔心也不算杞人憂天，而要她強忍又好像有點過分，而且說真的，我們待了四、五個小時，其實全部人有這生理需要。

「好啦，反正鬼屋遲早會趕我哋出去，」我站起來，率先把水桶搬去房間角落，「我哋輪流嚟啦！」

其餘六人乖乖先後解決，結果沒有觸發任何事。

我們稍稍再休息一會兒，天韻硬是擠在我和綺淇間坐下來，可能敏感的她感覺到我對綺淇有興趣吧，她的妒忌心和佔有慾其實蠻大。

正當我迷迷糊糊快要瞌睡時，久違的刺耳聲音從喇叭傳出：「各位午安！」是兔子男，「麻煩大家稍移玉步離開呢間休息室啦！」

全部人睡眼惺忪猶如從睡夢驚醒般，難道「房內所有人睡著」是指令？抑或純粹時間夠了？

另一道木門自動打開，大家你眼望我眼。

我帶頭踏出安全區，「記住要智取，千祈唔好硬碰！」大家跟著我再度踏進一個未知的地帶。

「佢哋話咩就做咩、聽聽話話，」猶如比賽前要激勵士氣，我續說：「我哋要齊齊整整咁所有人都出返去！」

「Yeah！」天韻甚至高呼回應，表現得過分樂觀。

眾人步出休息室之後，立即進入另一個房間，聽到背後鎖門聲。純白裝潢跟休息室沒太大差別、空空如也，只是空間大很多。

冷不防兔子男沒有如推測道出指令，而殺我們措手不及地拋出沒頭沒腦的奇怪問題，「最後行出間房嗰個，你鍾意冰定係火呀？」

可惜房內沒有任何線索暗示這關玩甚麼！唯一肯定的是，根據前幾關經驗，一關會比一關變態。

房裡只有站在中央的我們七人，冒著冷汗推敲兔子男的問題。

綺淇急躁腳地問我：「依家答案就得四個：一係答火；一係冰；兩樣都唔鍾意；兩樣都鍾意，我諗點都唔會答兩樣都唔鍾意啦！」

她會如此焦急，因為她正正是最後離開房間的人！

落入陷阱

糟糕了！

不行，不可以讓她出事！先不管他們為甚麼不挑我做挑戰者，重要的是先救綺淇！

「你講得啱，但答晒冰同火都鍾意又好似伏伏地……」假設二人為一小組，如果這樣答可能會連累下一關的阿忠，相信綺淇正明白這點，所以更不敢胡亂回答。

「時間就到喇，無太多時間畀你慢慢諗喋吓。」兔子男像催促考場學生快點交試卷的語氣。

「點算呀家姐，我唔想你有事呀！」
「火！」綺淇答：「我鍾意火！」

兔子男這問題太空泛，不過考慮跟我們安危連上關係的話，「火」聽起來比「冰」恐怖得多。她會如此選，是情願讓自己受苦來保護阿忠吧？

確實是個好姐姐！

答罷，房間另一扇門被粗暴推開，十多個戴面具的黑T恤牛仔褲的人衝進來，看來準備重施故技：幾個人圍我們一人、然後強硬鎖起綺淇或帶走她之類。

機會來了！

雖然這招用在別人身上很可惜，可是我不可以失去「智囊團」綺淇，不是說我自己一人逃不掉，只是有她幫忙可以分擔一下。相反，作為女朋友的天韻除了長得好看，對我的生死沒太大幫助。

「我認得嗰個人，」趁大家避來避去混亂之際，我湊近 Tejal 耳邊撒個謊，「手臂上面紋咗隻鷹嗰個肥佬，頭先佢有份強姦 Asha。」

黑T恤部隊有不少人有紋身，「鷹佬」算是很易認，所以我挑了他。

Tejal 對我不虞有詐，加上 Asha 不明確的去向令他變得敏感，早就想替 Asha 報復。

聽到強姦二字後，他臉上的青筋瞬間暴現。他中計了！

「仆街！我同你死過！」他著魔似的猛撲向鷹佬，後者被嚇得一時間反應不過呆站著。

還未完，我馬上走到附近的阿忠和綺淇身旁，聽到正被包圍的天韻求救：「Zach 你喺邊呀？救我呀！」

「你哋唔好郁，由得印度佬發癲。」我勸阻正想加入混戰的阿忠。

阿忠說：「唔可以俾佢哋搞家姐！不如趁機我哋成班一齊打柒佢哋然後搵出口啦！」

容易被煽動的阿忠見 Tejal 出手，自己想跟著反擊——這點我當然顧慮到，我立即勸阻：「佢哋人數有我哋兩倍，唔好衝動。」

有我幫忙拉住阿忠，綺淇向我投以感激欣賞的眼神！太捧了！

一番擾攘之後是 Tejal「報仇」不成，反被他們用粗鐵鍊綁起來。結果分曉，他代替綺淇成為這關的挑戰者！

其中一個不知規矩的員工向綺淇走來，一個黑髮男性喝止他，用口音不太標準的英語叫他回來。

接下來，他們折磨 Tejal 的方式比起 Asha 噁心萬倍。

員工一窩蜂地把 Tejal 帶離房間，剩下我們六人被鎖在空房。

片刻後，其中一幅白牆像電影院的帷幕升起，隔著厚玻璃幕外面是另一間小小房間。

小房間地台比我們這邊低一點，讓我們可以從較高處斜斜俯視入面。

房內有一個長桶型大鋼缸直立著，有點像啤酒廠用來釀酒的缸或是布廠的鋼製大染缸。沒蓋上缸蓋，可以看到裡面裝滿透明液體，有不少管道連接旁邊的機器。

半晌，門被打開，全身赤裸、被綁手綁腳的 Tejal 一臉鐵青被推入內，我們之間隔著的相信是單向玻璃，只有我們看到他，一臉驚恐的他完全沒有看我們這邊。

「係咪好似睇戲呀？」兔子男笑笑，「你哋如果攰就坐低睇啦。」

James 大力拍打玻璃窗、推門，「你哋想點呀！」

「救我呀！」Tejal 對這邊大叫，他聽到我們說話。

我悄聲對綺淇說：「Tejal 係呢一關嘅挑戰者，我哋暫時安全。」

她的淚水在眼眶打轉，「但……原本入去嗰個人係我呀！」

阿忠問：「係咪因為 Tejal 犯規打佢哋，所以代表家姐做咗今次挑戰者？」

「我諗係……」這點瞞不過他們，只好認。
「你哋睇！」天韻驚呼。

員工把 Tejal 抬起，垂直地放進大缸裡面，缸邊剛好高過 Tejal 頭頂，液體則浸到他胸口左右。五、六名員工站在旁邊待命。

這間房燈光特別明亮，即使 Tejal 整個人沒入缸中，仍能清楚見到他。

「究竟火即係咩……」Ethan 摸不著頭緒，「我哋快啲諗下係咩指令啦！」

兔子男一個指示令我們全部人馬上瘋狂大叫，他說：「好啦準備就緒，開火啦！」

大缸下火光亮起，天啊！這是一個大！煮！鍋！

「佢哋想監生煮熟 Tejal ？」James 高叫。

水煮活人？好噁心啊！！！

「唔撚係呀！」阿忠湊近看。

起初鍋內溫度未夠高，水溫未有即時上升，殊不知只消幾秒，Tejal 痛苦地嘶叫起來！

火經鍋底即腳底傳熱，害得身在大鍋裡的 Tejal 面露猙獰地狂跳。鍋中的水被濺出，員工退到遠遠躲避。

這時房裡另一機器運作起來……

「天花板嘅支乜鳩嘢嚟㗎？」阿忠震驚。

兩根鐵枝自天花板徐徐向下伸長，鐵枝尖端各附一把小刀、刀刃朝下。小刀降到 Tejal 兩肩上停下，其用途即時由 Tejal 示範出來。

他每跳一下，兩個肩膀就會插上小刀，傷口噴出的鮮血瞬間和滾水融和起來！

「停呀！」Tejal 咆哮：「好撚熱呀！」
「佢哋唔畀 Tejal 亂咁郁！」天韻點出小刀的用意。

Tejal 瞪大雙眼拼命搖動被反綁的雙手，想要把鍋弄翻，殊不知煮鍋多個接合位已跟地面牢牢固定在一起。

不消一會兒，「啲水開始滾喇！」Ethan 跟我們全部人同樣，緊張得把身體挨近玻璃窗。

「停手呀！」James 大力一拳一拳想打玻璃窗，「再係咁佢會死㗎！」

「指令呀！」我大叫：「我哋試下全部人坐低！」

因為兔子男有說過我們累就坐一下，說不定這是過關指令的提示！

只可惜全部人坐在地上一會，「遊戲」仍然持續進行下去。

無力挽回

氣泡一個個自鍋底升上，先是細泡細泡的，後來整鍋水的溫度迅速竄升，那種沸騰的聲音令人愈聽愈不對勁……

目前水溫應該有七、八十度吧？而且還在升溫中。一般浸溫泉頂多才四十度左右而已！

我們趕緊試著全部人坐、單人數坐、圍圈坐，仍無法停止煮鍋的大火。

「呀！！！嗚呀！！！」熱鍋使他無視肩上的小刀，失去理智地狂跳！肩上的肉被插得皮開肉裂！「好撚……呃！！！」

「你哋放過佢啦！」天韻求情，「唔好殺佢呀！」

當整鍋水煮開了，一個令人極度不安的發展讓我再次湧現想吐的衝動。

熱鍋裡的水極之滾燙，卻沒有發出熱開水那種「*咕嚕*」聲，而是「*嗞嗞*」、「*嘶嘶*」，間中更有「*啵*」像是氣泡破掉的聲音。

仔細瞧鍋裡的液體，確實帶黃……

「嗰啲唔係水！係滾油！佢哋要用熱油嚟炸熟 Tejal ！」我赫然發現！

「熱呀！！！好撚熱呀！」Tejal 撕心裂肺地大叫、瘋狂掙扎，奈何身上兩刀狠狠插在兩肩使他難以扭動。熱油濺往臉上頭上，令他的膚色更黑更紅。

「好撚臭！嘔……」阿忠捂住嘴巴，再也忍不住轉身大吐起來。

是關入面怪異的味道開始傳出，一抬頭，原來隔住我們之間的玻璃窗最頂端有多個小洞，鬼屋故意使氣味散發到我們這房裡來！

老實說我聞到的不是臭味……而是……真的很像炸雞的油炸味又帶點肉味，跟我平時吃的食物香味無異。

這種對比相當嘔心，如此恐怖的場面聞著普通的炸肉味，我想我不會再吃肉了……

「我唔知點形容依家嘅感受……」綺淇撫著阿忠的背，轉頭對我們哭道：「眼白白望住一個人咁樣被折磨，又唔知點樣先可以阻止……」

「實在太空泛喇！」我對天花板大叫，即使未必有收音器，至少大煮鍋房的人聽到我說甚麼，「個指令究竟係乜嘢！畀少少提示啦！」

天韻掩嘴嘆道：「好核突呀……」

Tejal 身體因滾燙的熱油開始產生變化，臉和身上的皮膚炸熟了，冒煙並散出炸肉味……表皮變成深紅深黑色，更甚者，開始

冒起一個一個肉泡！

恍如拿披薩去焗時，表皮底下冒出一個又一個氣泡，這刻Tejal 的臉詭異至極！

「原來一個人活生生俾滾油炸係咁樣……」天韻發自內心地感嘆。

Tejal 扭來扭去，只能發出微弱沙啞的絕望喉聲。表皮看似快融掉般變得黏答答，雙眼甚至黏起來、睜不開眼。

他的身體瘋狂冒出濃煙、熱油濺出鍋子周圍，而熱鍋的爐火仍是沒減少，油炸的嗞嗞聲驟然加劇，地獄一幕正式上演！

霎時有火自炸油間竄出來！一下子蔓延全身，他成了活活火人！

隔著玻璃的這邊廂不免感受到那股驚人的熱力！正流汗的我們卻矛盾地寒毛直豎起來！

「呀……呀……」勉強見到半死的 Tejal 打開大口，其他部位完全被火包住。那邊房的員工怕得躲到老遠。

「好恐怖……好似你哋東方人形容嘅地獄咁……」James 喃

喃道。

Ethan 掩鼻，「呢種燒燶嘢嘅味……」對，好像燒烤時錯手把肉烤過頭……

胃液頂住喉間，我強壓下嘔吐的衝動。

綺淇已經哭成淚人，「點解要殺佢……點解……」

我們沒人明白為甚麼他們要我們逐一受苦，猜不中指令只能眼睜睜看著他被燒死。

此刻 Tejal 整個人被大火淹沒、沒有再掙扎，火舌甚至爬出大鍋！員工早有預備，剛剛那個黑髮男指揮他們救火，可能是黑 T 恤部隊的隊長之類吧。

大鍋的火關掉、滅火筒登場後，全場噤聲等待煙霧散去……

「嗚呀呀！！！」綺淇哭得更淒厲。
「哇屌！」阿忠吃驚。

滾油還在嘶嘶作響，只是 Tejal 彷彿換了個人一樣，被燒得體無完膚！

頭髮不用說早已燒光，光頭以至下身全身的皮膚被燒焦了！時間若如凝結住，Tejal 維持嘴部張開的姿勢僵硬了……或是燒到如炭般乾硬化。

他的黑皮膚不見了，換來是去掉表皮的深紅色肌肉！上面還鋪滿一片一片全黑、燒成如焦炭的硬肉塊！

「佢塊面好恐怖呀……」天韻道。

沒錯，Tejal 整張臉已被燒爛。由於眼窩肌肉被燒焦，可以再次見到他的雙眼——詭異的眼球。沒有肌肉的包圍，雙眼眼球露出的範圍很大、好像隨時會掉下來似的凸出來，猙獰地瞪著所有人。

最噁心的是佈滿他全身那些凹凸不平的傷口！有些位置是凹進去的爛血肉，旁邊卻有凸起的焦黑肉，還附加黃黃白白仿如人的脂肪或流膿的黏液！

整個爛肉人在冒煙的狀態下一動不動，儼如保持住死前那極度痛苦的表情，散發著焦肉味地被擱在大煮鍋裡。

James 和 Ethan 早已別過臉不敢再看，阿忠把哭泣中的綺淇緊抱入懷，剩下天韻仍敢注目。

無疑 Tejal 已經死掉……我們到最後還是沒有完成指令。

這對我來說是最糟的情況。讓他們親眼目擊隊友被鬼屋殘殺，一定嚴重打擊他們的求生意欲。

然而來不及去想對策，兔子男歡呼起來，「喔噢！煮到熟晒喇！」那面白牆開始徐徐落下，無法再看大鍋房裡的情況，「好啦，有請我哋下一位幸運兒準備！好細膽嘓個，到你喇！」

話未說完，黑T恤部隊再次粗暴地衝進來，這關到底輪到誰成為挑戰者？

聖地
鬼屋

你聽說過嗎？

聖地牙哥鬼屋

San Di
Haunted

AREA 4
電流耐力

勇氣的長度

黑 T 恤部隊二十多個人一湧而上，我反手被四名大漢鉗制、推倒在地上，他們甚至壓到我背上。我試圖掙扎不果。

眼見阿忠被拖出房，身為姐姐的綺淇登時費力掙扎，「放過佢呀！唔好搞佢！」

咦？膽小的人不是天韻才對嗎？

換個想法，照組合順序的話，原本上一關是綺淇，這關確實由阿忠做挑戰者無誤。可能之前他的表現無勇無謀，被認定為膽怯吧。

生怕綺淇會攻擊員工，代替阿忠成為挑戰者，我搶道：「由得佢哋，我知呢關個指令係咩，放心啦！」

「真係嘅？靠晒你喇 Zach 哥！」阿忠硬擠出笑容，「放心啦家姐。」這是他離開房間前的最後一句話。

阿忠出去後，黑 T 恤部隊鬆開我們，陸續步出房間，剩下我們五人再次被丟棄在這裡。

「呢一關嘅指令係乜嘢？」綺淇趕急上前問我。

剛剛那不過是情急之下，怕她誤傷員工所撒的白色謊言罷了。

「等陣遊戲開始嗰陣我再講。」先敷衍她。

「Zach，我想問……」天韻皺起眉，「之前你話 Asha 喺血色迷宮嗰度，只係俾班變態佬打到重傷，係咪呃緊我哋？會唔會嗰陣佢已經死咗？」

我被突然變得聰明的天韻嚇一跳，問：「點解你會咁覺得？」

「因為……親眼睇完 Tejal 咁嘅下場，我覺得鬼屋會殺晒我哋囉！又點會肯放過 Asha 呢？」

「你講大話！」轉數快、舉一反三的綺淇抓緊我肩膀，「Asha 死咗，你瞞住我哋！就連啱啱你話知道呢一關嘅指令都係假嘿！你唔想我哋擔心所以講大話！」

「你冷靜啲先，我……」我的話說到一半。

「唔好嘈喇，」Ethan 打斷我，勸阻道：「你哋睇！」

Tejal 那邊的大煮鍋房，與我們房間之間的白牆經已完整落下，換來在他對面，亦即我們後方的白牆上升，當然兩房之間也是有大片玻璃幕牆阻隔著。

我們身處的房間變相成為被夾在中間的觀眾席，前方有熱油炸人的大煮鍋房，後方有阿忠的房間。要不是前方關上白牆，還不知要對著 Tejal 那嘔心又難聞的燒焦屍體多久。

轉身看去，同樣是純白裝潢的大房間，阿忠正赤裸地被人固定在一張疑似電椅上、全身被多條皮革帶綁起來，唯獨雙手居然沒有任何束縛。

更令人費解的是，他的大腿正張開，中間有一個硬物包在他下半身的敏感部位上，連住皮革帶綑在椅子後方固定。

那玩意像甚麼……像極我家裡的自慰器！

「今次又想點呀佢哋？」Ethan 問。
「上一關玩火，照推斷呢關玩冰先啱㗎？」我慌張地問。
「唔會係冰鎮下面啩？」天韻問。

James 道出我的心聲，「放喺佢下面嗰 嘢……望真啲唔似平時見到嗰啲飛機杯。呢個係用鐵造嘅？」

「咩話！講乜嘢呀！」綺淇撲到玻璃幕牆前邊拍打邊高叫：「家姐喺度！我會救你出去㗎！唔使驚！」一關係到最親、最疼愛的弟弟，綺淇雙眼通紅，整個人驚徨失措起來。

我安撫她說：「可能外殼係鐵啫，入面應該好似人哋話咁樣係軟膠嚟嘅。」謙謙君子如我，當然不能表現得對這種低等齷齪的東西很熟悉。

「家姐！我應該點做呀？」阿忠望向綺淇求救，看他的表情暫時無事，推翻天韻的「冰鎮論」。

與 Tejal 那關有別，這次阿忠能看見和聽到我們。抬頭看，隔在我們兩房之間的玻璃幕牆頂部有多個小洞。

雙手可以自由活動的他，首先試著把鐵造自慰器脫下，然而站在一旁的黑髮面具男即時朝阿忠手臂捅了一刀！

其指示很明確：他不可以亂碰。那麼，為甚麼不索性把他雙手綁起來？

「今次嘅實驗好簡單易明……」兔子男再次出現！這次是再見到他真人。

身型高佻的他依舊戴著詭異笑容的卡通兔子面具，一襲黑西裝，拿著一根幼幼的鐵枝，自房門幽幽步出，走到阿忠身旁，把鐵枝交給黑髮男，一連串的動作舉止甚是紳士優雅。

兔子男向我們這邊攤攤手，拋出一句謎題，「一個人嘅勇氣，有無三十厘米長呢？」說罷他移到阿忠背後的角落處佇立，黑髮男把鐵枝轉交阿忠手上。

仔細看，生鏽的鐵枝直徑約幾厘米左右，而長度……可能有三十厘米！

阿忠高舉鐵枝指向黑髮男，我頓時喝止：「唔好亂嚟呀，犯規會即刻死㗎！」

他愣住，兔子男乾笑道：「今次嘅實驗者嘅下面呢，係套住一個接通咗電嘅電器，電力會隨時間慢慢加大。被實驗者淨係要將呢條鐵吞落肚入面，就可以中斷電源㗎喇！」實驗者當然是指阿忠。

說得倒是輕鬆。

「即係吞鐵棍係過關指令啦？」James 問。

「今次竟然咁直接話畀我哋知？」天韻驚訝道。

「因為根本無可能做到……」綺淇嗚咽，為了強忍眼淚而咬緊牙關，「成三十厘米咁長，點會放到入口呀……」

「你哋忽略咗一個重點……」我吞吞口水，「佢話嗰個飛機杯……係有電㗎！」比起一般電椅，集中電擊重要部位不是更折磨嗎？

「喔……啊……」阿忠忽然閉起雙眼，呻吟起來。

看來實驗開始了。

比較博學的James解釋道：「我有睇過類似嘅實驗，啲研究人員話如果電流唔係好強，其實電嘢度會覺得好舒服。」

緋紅的雙頰顯示阿忠正非常享受，只可惜持續沒多久，他揚起的嘴角漸漸扭曲起來，呻吟聲改為短促的痛苦聲，「呀、呀！」

看來電流加強的速度很快，阿忠趕緊以仰望的角度，雙手握住鐵枝，垂直停在口上半空猶疑不決。

「阿忠！」淚水滑過綺淇倔強的臉頰，從她呵氣令面前玻璃冒出白霧得知，她呼吸相當急促。

「照胃鏡！」天韻激動地高呼：「你就當係照胃鏡啦！垂直慢慢插入口就無事㗎喇！」

插歪了頂多會刺穿食道甚至其他器官，不過眼下只能放棄某個內臟以保性命！

「趁依家電流唔係好勁，快手啲啦！」我催促道。

絕地反擊

「我唔知呀……」阿忠流淚，身體震抖起來。鐵枝在他手中搖晃不定。

綺淇抹乾眼淚，唐突地冷靜道：「你照住家姐嘅說話去做，我一定會救你出去！」

這就是堅強的人面對逆境時該有的反應！我不禁再次被她吸引。反觀天韻，臉尖眼大的她沒錯是很漂亮，然而面臨生命危機時便方寸大亂……

「你吞一啖口水先，」綺淇開始引導徬徨的阿忠，「依家慢慢將支鐵放落嚟，係喇，向個口放落去！」

「呀！」阿忠情不自禁地抖一抖，「下面開始痛喇！」

我不確定電力是一下一下還是持續性的，亦不肯定那話兒到底在軟蹋時被電會比較痛，還是有生理反應時更痛。也許永遠不知道是一種福氣。

「唔好再講嘢，唔好亂咁郁，咁支鐵就唔會插錯。」綺淇快速道：「係喇，我見到你含住枝鐵喇，之後應該係全程最辛苦嘅，但過咗就無事㗎喇！你推枝鐵入喉嚨嗰陣要吞口水，咁樣枝鐵會好容易滑入喉嚨度，信家姐，你試下吖。」

漲著紅臉的阿忠不斷深呼吸，不止地無聲哭泣。握住鐵枝的手用力得發白，在鐵枝深入喉嚨之際，他不斷作嘔發出怪聲，無法插得更深。

「哇呀！！！」冷不防全身冒汗的他整個身體顫抖一下，雙腿痛得想合起來，奈何被綁住，無法彈動。電力一定大得驚人！被吐出的鐵枝快要從手裡跌落地上！

身體扭來扭去之下，他再一次撕裂聲帶地大叫：「好！撚！痛！！！」他緊閉著雙眼，五官皺成一團。

我肯定在場男士跟我的反射動作一樣：下半身不自覺地縮了一縮。

「阿忠！支持住！」綺淇握拳大力敲打玻璃，「快！支鐵滑入喉嚨之後就好容易繼續推落去！試多次！」

阿忠下半身微微抽搐，勉強又把鐵枝放回舌上，再一次嘗試吞下它。

然而，那是最後一次機會。幾件事情同時發生，事後眾人才反應過來……

AREA 4 電流耐力

鐵枝已經被推到深喉嚨位置，看來還是卡住了滑不進去，阿忠不斷作嘔。緊接的是極強的電流，使重要部位那電器強烈震動起來！

電力一下子加大，阿忠聲嘶力竭地發出慘叫，再也拿不穩鐵枝。他的下半身甚至冒出黑煙，一陣焦灼味撲鼻而來！

「我唔得喇！！！」冰冷房間唯獨他那淒厲的哀號迴盪。

鐵枝掉落地上，他伸手想拔掉電器，可是強勁的電擊使他雙眼反白，頭部仰後，口吐白沫，淚水鼻水狂流，全身劇烈抽搐！

這讓我想起靈異電視節目上，那些自稱被鬼上身的嘉賓！

「望到都覺得痛……」Ethan 嚇得面青口唇白地別過臉。
「阿忠撐唔到喇……」天韻說。

而我，下意識雙手護在兩腿間。光是目擊已經感到隱隱痛，換作我是阿忠可能想乾脆死了就算。

James 和綺淇一樣，握拳瘋狂敲打玻璃幕牆，喊出一堆激勵阿忠的話。人類往往做盡如此無意義的事。

兔子男總算向黑髮男點頭，後者戴著特製手套拾起地上鐵枝，走到癲癇中的阿忠面前，旁邊幾個戴上手套的員工有默契地合力按住他，打開他嘔吐白沫的嘴巴，看來他們早料到事情會如此發展。

「停手呀！」綺淇激動得咬牙切齒怒吼，進來鬼屋後還是首次看見她激動得想殺人的模樣，「邊個都唔可以掂佢！我會令你哋後悔㗎！」

當然我要負起領導者的角色，「放開佢！唔好再搞佢！」

只是，一切都挽回不了。黑髮男狠狠地把鐵枝直插入阿忠嘴裡，衝力大得非常，鐵枝瞬間有一半陷入食道！

不停劇震的阿忠無力反抗，雙手無力地垂下，當鐵枝剩三分一在外面時，大量血漿從他嘴巴湧出！基於生理反應，他咳嗽起來，血液噴灑四周。他被自己的血嗆到了！

無情的黑髮男把餘下的鐵枝戳入，整根鐵枝旋即沒入阿忠口裡，完完全全地刺向肝臟及胃部！

阿忠整個人像洩氣的氣球一樣癱軟下來，身體不再抽搐，維持臉朝天的姿勢，雙眼無神地瞪向死寂的空氣。

無疑地，他死了。

AREA 4 電流耐力

「阿、阿忠！」綺淇再次放聲嚎哭。

幾名員工上前檢查阿忠的生命跡象，白牆重新落下。

最後的畫面是兔子男走到玻璃幕牆前，側側頭揮手說：「大家小休十分鐘啦，跟住我哋會去下一個景點繼續玩喇。」

綺淇拍打白牆，「阿忠呀！你聽唔聽到家姐嗌你呀！！！」

我想趁機摟抱她，奈何天韻已走到她身旁安慰。

失去至親肯定很傷心，還要親眼目睹弟弟整個慘死過程而又無力拯救，那種自責、愧疚、哀痛絕對讓人難以承受。只不過，那是她的親人，不是我的。所以我感覺還好，反倒是痛失了一個隊友這點讓我有點生氣。

「你醒呀⋯⋯醒呀⋯⋯唔好嚇家姐呀⋯⋯」綺淇跌坐在地上。

「可惡！」James 生氣得漲紅著臉踢牆。

Ethan 悄聲對我說：「再咁落去，我哋會逐個逐個被殺死。之後嘅指令應該會越嚟越難估⋯⋯你有咩睇法？」

既然阿忠已死，這一關也完結，是時候趕在下一關開始前公布我的計劃。

「阿忠嘅死我哋都覺得好悲痛，」綺淇沉浸在悲憤之中，沒理會我，「但更重要嘅係，我哋要連埋阿忠嗰份生存落去、離開呢度。」

我緊握拳頭，一字一頓道：「今次輪到，我、哋、反、擊！」

你聽說過嗎?

聖地牙哥鬼屋

San Di

Haunted

AREA 5
玻璃刑房

隨機區

「你講乜嘢呀！」綺淇聞言站起來，以又紅又腫的雙眼瞪著我，「你有方法反擊點解唔早講！阿忠嘅死唔多唔少都係因為你！」

她衝過來緊揑我脖子道：「又話乖乖地做指令就唔使死！仲話諗到個指令係咩，呃阿忠去送死！佢臨走前仲對你笑一笑，你知唔知佢有幾單純？佢細路仔嚟㗎咋……」

「一個細路仔臨死前嘅說話……」她愈罵愈小聲，鬆開雙手，「係叫我放心……」

大家靜靜地望著再次癱軟在地上的她，無人敢吭一聲。

「……我明白你感受。」良久，Ethan 蹲下身道：「不過我學識企返起身，咁先可以幫我哋嘅至親報仇！雖然依家咁講可能對你太殘忍，但係綺淇，我希望你即刻收拾心情。要幫阿忠報仇，我哋要靠冷靜聰明嘅你。」

過分！Ethan 這狗公之前對我的天韻示好，現在又要搶我的綺淇嗎？還仗著同病相憐的優勢！

「仲話兩個人一組，我都揀咗火……點解阿忠唔係冰……」

她抽抽噎噎指向我，「你句句都係大話……」

「關於呢一點我覺得我有必要同大家講一講，」我想通了，「鬼屋用唔同主題劃分唔同區，相信大家好了解唔使我多講。不過入到呢一區，佢哋出嘅招開始令人捉唔到路……」我頓一頓道：「首先講返挑戰者，佢哋依然係用返兩個人一組嘅模式。雖然『火』嗰一關係 Tejal 做挑戰者，但係實際係綺淇先啱，咁下一關自然係阿忠，呢樣嘢照舊無變。」

而且我大概摸清楚他們如何選哪組人做挑戰者了，不過要待下一關他們再挑出一個人才能肯定，目前暫且不說。

我續說：「不過又話一關影響一關，照推斷綺淇揀咗『火』會影響阿忠，佢會玩『冰』先啱，最後竟然係接受完全唔同嘅挑戰，我諗同我哋處於嘅階段好有關係……」

天韻打斷道：「講咗咁耐，我都仲係唔係好明。」

我解釋說：「時間已經過咗五、六個鐘有多，換句話講，我哋依家係喺最後階段。鬼屋一定想出盡招數等我哋一關死一個，咁就可以殺晒我哋——無錯，佢哋想我哋死晒——呢個時候，玩法要變，而且要跳級咁變態，等我哋毫無準備。」

Ethan 問：「所以呢一區嘅主題係咩？一時火一時電咁。」

「我會叫佢做『隨機區』。」我斷言，「佢哋想我哋完全諗唔到點答啲問題，完全估唔到個指令。」

大家若有所思地互望，不太確定。

鑑於我被揭發隱瞞 Asha 之死和騙阿忠去死，儘管這些都是為大家著想所做的最好決定，但無疑已令我的形象大受打擊。接下來我得努力繼續主持大局，重拾領導者這地位！

「不過你哋唔好咁快認輸，要贏佢哋除咗做啱指令唔使死、夠鐘可以出去之外，」我說：「正如頭先講，我搵到個方法離開呢度，要大家齊心幫手先可以做到。」

綺淇沒說話，無力地走到角落坐下，進行沉默的抗議。

天韻氣鼓鼓地說：「綺淇講得啱，如果你有辦法走出去，點解唔趁佢哋殺死阿忠之前話畀我哋知？」

喂你到底幫外人還是幫自己的男朋友啊？

「因為呢度嘅環境唔容許。」我把聲音壓到最低，又用力踩地拍手製造噪音。這樣即使房間有收音器也難以聽到我們對話的內容，「啱啱喺班員工衝入嚟嗰陣，我趁亂摸過佢哋。」

「吓！你幾時有呢方面嘅興趣㗎？」天韻目瞪口呆。

早猜到她會往那方面亂想，「刀仔又好，手銬又好，總之我要搵一樣可以救我哋嘅嘢。不過頭先時間太短，我淨係摸到一樣嘢，我相信佢會幫到我哋！」

「係乜嘢？」James 問。

「打火機。」我簡短地答。

「吓？」James 失聲，「你講到係威係勢咁，原來只係區區一個打火機？」

「聽落去好弱智，不過如果好好利用，或者我哋有機會走到！即使個機會可能好微，但係我哋咩都要試下！」

「不妨講下你嘅計劃。」Ethan 說。

「兔子男話過唔准搞員工，但無講過唔可以破壞呢度。」我重複在血色迷宮對 Asha 說過的話，「等陣我哋行去另一個地方嗰陣，要盡量搵下有乜嘢可以燒，偷偷地散播火苗之後，希望火災可以造成混亂，我哋就可以趁亂搵路走！」

「唔……聽落去好似有少少兒戲咁嘅？」天韻試著問。

「的確有好多未知因素會影響到，」我爽快地承認，「或者出面根本無嘢可以燒，就算有都未必燒成大火災……但係無論點樣都要試下。」

綺淇反應極大，蹬地站起身大聲道：「我唔要再聽你講嘅廢話！點知你係咪又係呃我哋！」

「我呃你哋，對我有咩好處？」我衷心道：「我知道阿忠嘅死一定搞到你好嬲、唔信我。同時，我亦知道你係個明白事理嘅人，我信你好快會理解我咁做都係為你好……我唔想見到你有事。」

說得如此坦白，第一個作出反應的人是天韻，她沒有生氣，反而是傷心，「Zach……」她繞到我和綺淇之間，用水汪汪的大眼望著我，「你係咪已經……唔再愛我喇……」

見她開始嗚咽，綺淇轉身背對我們忿然道：「我唔會走㗎！成功走咗即係永遠都搵唔返呢度！我要殺死兔子男！殺死你哋所有人！要你哋十倍奉還！！！」

她說「你哋」時把頭抬起對著天花板大喊，我想她是指鬼屋所有人，而不是我們這幾個人。

Ethan 走到身旁按按她肩膀，「你冷靜下先，要儲夠體力先可以同佢哋鬥。」

下流！快點放開你的臭手！利用有共鳴的優勢接近我的綺淇實在太可惡！

與此同時，我要花點心思安撫弱不禁風的天韻，「傻瓜，做咩亂諗嘢呀？」我微笑拍拍她的頭。

我坦白部分理由，「我咁講你哋可能覺得我好衰，其實我一直有留意阿忠，佢份人好脆弱。如果家姐為咗救自己而要犧牲，仲要親眼睇住佢俾人殘殺嘅話，我相信阿忠會自殺。與其係咁，倒不如留住綺淇、犧牲阿忠……」

「我覺得可以試下 Zach 嘅計劃，」James 比較敢於冒險，「我同警方去 McKamey Manor 調查嗰時，佢哋好合作，甚至公開晒成條員工通道畀我哋行。呢度當然唔同 McKamey Manor，不過我覺得一定都有員工通道之類。等陣趁亂留意下班員工點行，搵下有無秘道，到時一齊衝入去，話唔定有機會走得甩！」

「啱嗎！」天韻同意，「即使未必可以搞到好大火，至少可以趁佢哋手忙腳亂嗰陣搵破綻！」

「算吧啦，」綺淇回望我，反對道：「你呢啲屎橋係唔會成功㗎！」

「我比較民主，」我說：「投票啦，Ethan 你點睇？」

他為難地望望我們，「其實試下都無妨，就算未必一定走到，至少有試過。」

我故意面露難色地說：「四票對一票，唔好意思呀綺淇，希望你可以合作。」

這種情況健碩又夠義氣的 James 比較有用，我打算到時與他並肩走；綺淇觀察力較強，可以作當嚮導或協助我指揮；天韻則可以丟給 Ethan 保護，不用擔心。

我們邊坐邊討論細節後，兔子男討厭的快活聲再次從喇叭響起，「沉悶嘅十分鐘過咗喇，麻煩大家稍移玉步離開呢間房啦！」

怎麼此番話好像才剛剛聽完不久……

是敵是友

為免如上次綺淇那樣，做最後一個離開房間的人而慘遭點名，我們爭相衝出去。

門外往左沒路，往右走是一條直走廊，只可惜毫無雜物或裝飾物，我們只好慢慢走向前方的木門。沿路眾人按計劃走得很慢，手不經意地敲打白牆，腳用力踏步，聽得出牆壁不是水泥牆，像是中空或是木板的聲音。地板則是該死的水泥地。

抬頭望上去，看到有一條一條通風管道，或者我們可以試試爬上去？

來到木門前，我吞吞口水打開門，裡面的佈置讓人看得目瞪口呆，我們五人猶豫在門口不敢內進。

這裡是個面積幾千呎，樓底有兩、三層樓高，燈光昏暗的大空間，牆身和地板用了白色瓷磚，整體感覺像是很久沒清潔過的廁所一樣，到處是黑乎乎的污漬。

讓我們同時臉色鐵青的，是整個空間放滿一件件、一座座叫不出名字或用途的機械……或是刑具？

大部分鐵具都生鏽了，我們能認出來的有手銬、斷頭台、佈滿鐵釘的木椅等，更多是無法想像如何運作、複雜構造的鐵具，甚至有部分是至少一米高的木製掛架及大型玻璃箱……

光是遠遠看見這些東西的外觀已經讓人很不安，更不要説等一下我們之中有人要「挑戰」它們。

幸而讓我瞄到角落處，放了一堆清潔用的髒毛巾和地拖等物品，最讓人感到興奮的是有漂白劑還是火酒之類的化學液體！天助我也！

我無聲地對他們打個眼色，大家紛紛意會地輕輕點頭，假裝不經意地一步一步靠近那些即將拯救我們出去的救星。

我腦內已作出了最佳的盤算：天韻把毛巾扔到木製品上；Ethan 把火酒淋上去和點火；綺淇、James 和我則去找員工秘道或出路！合作無間！ Perfect！

「天韻，你……」我正想快速地作出指揮，不過話說到一半，被喇叭播出兔子男的聲音打斷了，「有請 Jenna 為呢一關做主持！」

Jenna？甚麼鬼啊？

「趁呢一關未開始我哋快手啲！」已經沒有多餘時間刻意小心，我明目張膽地衝過去白磚牆查看，緊急道：「綺淇、James，過嚟！天韻同 Ethan 識做啦！」小休時已大約討論過分工，因此不用指示得太明白。

眾人瞬即忙碌起來，抱著希望的我們，完全沒預料過計劃並未真正展開已經宣告失敗！

黑 T 恤部隊從另一道門火速衝跑入內，跑最前頭那五、六名大漢目標向天韻直撲過去，我清楚見到他們狂拍狂摸她的身體，不行！不行！

「放開我呀！」天韻露出痛苦的表情掙扎。

藏在天韻胸罩內的打火機被發現了，他們把它掏出並沒收後，退後幾步，集合站在與我們相距幾米範圍外、房間裡的小小空地上。

「點解……點解佢哋會知㗎？」天韻走到我們面前，生氣地大聲質問。

我觀察眾人神色，「頭先我明明已經好小心咁將打火機交畀天韻，你哋都知㗎，嗰陣佢哋一定以為我哋拖下手仔咋！點解佢哋一嘢衝過嚟就起勢咁搜天韻身，邊個爆出去？」而且用甚麼方法通知鬼屋？

James 罵道：「有得走都唔走，邊個咁黐線？」

我留意到只是那一下下，就這麼一下下，他眼尾瞄了 Ethan 一眼……

「要找到犯人、要親耳聽道歉」——這不正正是他在休息室發表的宣言嗎？

「係你？」我指著 Ethan 厲聲喝問：「你個仆街想留喺度，直至搵到兇手為止？」

Ethan 露出不解的表情，「係，呢個係我嘅目的。只不過入到嚟見發展到咁樣，最緊要係保住條命，出返去先再搵警察嚟捉佢哋！」

「其實最可疑嘅係你女朋友先啱，」James 說：「話晒個火機係交咗畀天韻保管，而又係喺佢手上俾人攞走。」

「火機俾人搶走咗好對唔住……」天韻無奈道：「但係佢哋要搶，我都無辦法㗎……」

當初怕被那個弄丟了火機的員工發現，使我成為第一個被搜身的對象，於是大家一致同意把打火機交給天韻或綺淇，可是綺淇拒絕合作，最後交由天韻保管。

「我唔會走㗎！我要殺死兔子男！」——話說回來，由於阿忠的死，情緒不穩的綺淇不是揚言要留下來嗎？她也是唯一反對逃亡計劃的人！

我問綺淇：「唔會係你呀嘛？」她甚至沒回答，冷笑了一下便別過臉。

好煩啊，到底誰是內鬼？

「算啦，我哋花心思諗下呢關個指令仲好！」我重整思路，「都已經要死人，仲會有人唔想走到咩？可能有我哋未知嘅竊聽

器一路偷聽住啫，唔好懷疑自己人！」

作為領導者的我唯有如此保持大家的團結。關於內鬼的事，暫時先擱下，只好暗中觀察。

經我提醒，大家再度把視線集中在房間中央那班黑T恤員工身上。原來他們之間，早就站了兩個與別不同的一男一女，靜靜地等待我們討論結束。

「好多謝大家為我哋精心上演呢一幕溫情對話，」兔子男以喇叭發聲說：「我哋最鍾意就係睇到你哋相處融洽㗎喇。」

我已經習慣了兔子男的譏諷。

兔子男說：「眼前呢位女士，大家可以叫佢 Jenna，唔該掌聲。」黑T恤員工們應聲拍手。

Jenna 並沒有如其他人戴上面具，是位典型外國女生：金色及肩中長直髮，有點圓潤的身材，臉蛋不算出眾，倒是鼻尖藍眼的她，即使身穿普通白襯衫牛仔褲，也散發著優雅成熟的女人味。

James 對 Ethan 悄聲道：「呢個女人好熟口面。」

甚麼？有他們認識的人在這裡？

讓我有點意外的，還有 Jenna 的僵硬表情。不像人蟲實驗的 Doctor Hadden 那樣輕鬆自在，Jenna 站在員工中間一臉尷尬。我更留意到她從頭到尾都不敢跟我們任何人有眼神接觸！到底她是何方神聖？是敵是友？

我提醒大家，「要小心呢個 Jenna。我拉過好多好似佢咁嘅款嘅犯人，表面好溫和無乜殺傷力，但係呢種人癲起上嚟唔係人咁品。」

除了 Jenna，她旁邊的黑髮男同是有別於其他黑 T 恤員工，雖則身穿黑 T 恤及牛仔褲，卻沒戴面具，我猜測他比一般黑 T 恤部隊「高級」一點吧。

而兔子男沒介紹他出場，看來他在鬼屋的「職級」比謎一樣的 Jenna 低一些。

亞洲人臉孔的他一臉稚氣，肯定不超過二十歲。高瘦身型，雙眼細長，跟平日逛街隨處可見的普通年青人無異。為甚麼會有少年在這裡？實在太奇怪了。

話說回來，他的外型有點像在 Tejal 那時的大煮鍋房裡，那疑似是黑 T 恤部隊隊長……

我搖搖頭，讓一個單純的青年參與如此血腥變態的活動，更

讓他指揮一大班員工，再怎麼說也實在不合常理，不過這裡又何嘗有過「常理」……面無表情的他一直跟緊在 Jenna 身邊，讓我感覺他是鬼屋派來保護她似的。

火災計劃失敗後，我腦袋急速轉動起來，得再另擬一個逃亡大計。萬一這裡真的如 James 他們猜是某邪教基地，那麼假裝自己也是教徒之一，能不能免去一死？又或者，我們合力解決黑髮少年，再挾持 Jenna，又可不可行呢？

兔子男說話的同時，我默默數著在場黑 T 恤部隊的人數……總計差不多二十人左右。

想必待會會像上一關把我們、挑戰者和 Jenna 分隔開來，如果要進行挾持，可要把握眼前機會！

神秘目的

「咁將時間交返畀呢關嘅主持人 Jenna 啦，有請！」兔子男用《歡樂滿東華》司儀的語氣說罷退場。

被點名的 Jenna 有點驚惶失措，她望望旁邊的黑髮少年，後者點點頭，她清一下喉嚨問：「你哋有無人認得我？」

是某位知名度不高的女明星嗎？

見沒人回答，她看似有點失望續說：「呢度好多有歷史價值嘅嘢係由我爸爸同啲 Uncle 佢哋捐出嚟嘅，我哋一直好想呢啲懲罰方式可以繼續傳承落去，依家文明國家對犯罪份子嘅所謂懲罰根本無阻嚇作用。」

她搖搖頭再說：「呢啲用具會暫時喺度用住先，希望有朝一日，可以俾佢哋再次重見天日，廣泛咁應用喺我哋成個國家度。」

「講乜撚嘢呀一嚿嚿……」我喃喃自語。

「如果佢無講大話，」綺淇盯我一眼，第一句話似在説給我聽，「我諗呢度啲刑具，有部分係真係歷史文物，由古代留到今時今日。而如果佢阿爸同班伯父係擁有呢堆嘢，咁呢個女人同佢嘅家族非富則貴。」

「Jenna Cooper！」像是受到綺淇的提示般，James 突然想起甚麼地大叫：「佢係 Jenna Cooper 呀！」

「乜嘢 Jenna Mini Cooper 呀？」天韻問。

Ethan 把這人名的串法唸給我們聽，解釋這是美國某位政府大人物的女兒的名字。

「吓？」天韻驚呼：「咁唔通呢度係 3K 黨嘅基地？唔怪得會捉咁多有色人種，捉我哋呢啲亞洲人嚟啦！」

「『3K 黨』呢個名好似好熟……」綺淇思考著。

天韻解釋道：「其實係都市傳聞嚟㗎，話美國前總統同好多高官，都係呢個神秘組織嘅成員。佢哋係支持『白人至上』呢啲種族歧視嘅理念，仲成日做傷害人、殺人嗰啲恐怖嘢，去完成佢哋嘅神秘目的。」

綺淇問：「咩神秘目的？」

天韻理所當然地答：「咪就係殺晒全球嘅有色人種，淨返白人支配世界囉。」

又是陰謀論。我表示不同意說：「邊有可能呀？而且呢條女本身係唔係嗰個人個女都未肯定啦。」

「好高興 James 認得出我。」聽到這裡，Jenna 插話，「既然介紹完畢，咁大家跟我嚟啦。」

甚麼？她的回答同時反映了兩件事：第一，她承認自己是政府某位大人物的女兒；第二，她沒有回應天韻的「3K 黨」論，是不是暗示這裡並非天韻猜的 3K 黨基地？若是「白人至上」的話，鬼屋員工應該不可能出現亞洲人才對。

Jenna 和黑髮少年轉身向房間更深處走去，黑 T 恤部隊則走過來「護送」我們一起走。我快步上前追問：「咁如果呢度唔係3K黨基地，呢度係咩地方？你哋會唔會係同我一樣追隨緊同一個神？」

固然我根本不是任何一教的信徒。純粹希望，倘若這裡是邪教基地的話，他們會以為我是「自己人」，免我一死。

我的話令Jenna回頭，緊接兔子男一句話「大家唔使理佢，繼續行啦」，使她再次轉身繼續向前行。

然而，她一個眼神已經足夠——責難我的眼神。假設她是狂熱宗教份子，找到疑似是知音，本能反應應該是興奮開心，她卻露出如此表情，讓我隱約覺得這裡未必跟宗教有關係……

「我都係想試下佢反應咋。」我走回James他們身邊解釋道：「呢個Jenna表現得好生疏，唔似嚟過呢度好多次。兔子男對佢咁客氣，又畀佢直接接觸我哋，會唔會係因為Jenna嘅身份？」

綺淇對Ethan說：「如果Jenna阿爸同啲Uncle都知道呢度，呢度會唔會其實係屬於政府㗎呢？」

唉，綺淇你甚麼時候才肯對我消氣……

未幾，Jenna和黑髮少年在一個巨型玻璃箱面前停了下來。

我們保持一米左右距離止步。

Jenna 似乎開始掌握「主持人」的語調，得心應手地微微笑道：「麻煩大家行入去吖。」有禮大方得像是日本高級百貨公司的電梯小姐般。

「咩話？」我失聲問：「全部人？」

Jenna 反倒覺得唐突，不認為全部人一同進去有甚麼問題似的答：「係呀。」

天韻絕望地大叫：「唔係諗住一次過 KO 晒我哋呀嘛？」

畢竟我有提過現在或許到了尾聲，說不定鬼屋想速戰速決。

立方柱體玻璃箱大約有四至五米高，闊大約兩米，分為上下層。上下層的正面各有一道玻璃門，沒有樓梯，不知如何進去上層。下層空空如也，空間剛好讓我們五人擠進去。

上層放了一張鐵椅子，附有多條皮革帶用來把人綑綁在上面。椅子的坐墊底部設有一台不知名的鋼質機器，機器貫穿椅子坐墊，連接住椅子直到玻璃箱下層頂部。

機器形狀有點像蠟燭：露出於椅子坐墊上的機器頂部，如同蠟燭上的火焰一樣呈尖錐形；機身如蠟燭燭身一樣呈圓桶狀。機器的下端連接到玻璃箱下層，附上一個上窄下闊類似燈罩的物體，同樣也是鋼質。燈罩在下層空間的頂部，如果我們擠進去的話，燈罩就會在我們的頭上方。

多條連接機器的電線自玻璃箱旁邊穿出去，有些連接上天花板；有些則下垂至地面的插頭。

這是我們眾人都從沒見過的機器，其用途暫且無從知曉。

Ethan 道出眾人心聲：「雖然完全唔知呢嚿嘢想點，不過出現得喺呢間『刑房』入面……一定唔簡單……」

不曉得他們是否跟我考慮的一樣，Jenna 請大家全部走入去，而玻璃箱上層只設一張椅子的話，無論是好是壞，應該會從我們之中挑一人坐上去，其他人則被趕出玻璃箱吧……

會不會像休息室那時，以進入玻璃箱的最先或最後次序，來決定哪個人成為挑戰者？

這正正是我們當中，沒有任何一個人敢先行一步進入玻璃箱的原因。

成功在望

那麼說好的劫持 Jenna 行動呢？終究還是無人敢實行，襲擊員工的下場大家也親眼見識過，不想因此成為挑戰者。不過除了向鬼屋人員動手外，這一關我覺得可以由我先作出反應。因為，我有八成把握，鬼屋不會安排我或天韻作為此關挑戰者。

正當我鼓起勇氣邁步率先跑進玻璃箱時，黑 T 恤部隊幾乎在同一時間向我們衝過來！

我們幾個當中有了最先進入玻璃箱的人——我，憑綺淇那次經驗猜測，這次排在最後那個人會最有可能被選擇成為挑戰者，加上殺氣騰騰的黑 T 恤部隊在護航，使得我身後幾個人互相推撞，死命要從窄窄的玻璃門硬擠進來。

「快啲入嚟！」我叫道。

與黑 T 恤人拉扯之間，有人成功衝進來。

我仔細記住進來的先後次序：我、天韻、Ethan……綺淇！James 呢？明明他跟緊在我後方的！

我們四人氣喘喘地站在玻璃箱下層裡，發愣的 James 身在外面被幾名黑 T 恤人拉住。他是這關的挑戰者！

「唔係跑最慢嗰個先俾佢哋捉嘅咩？」天韻問。James 在我身後，本應是第二個進內之人。

「佢哋根本一開始就要 James 做呢關嘅挑戰者！」綺淇憤憤地說：「佢本來喺我前面差啲入到嚟，但俾佢哋捉到實跑唔郁！」

「我諗……」我說：「我知道點解。」

「你又知？」天韻瞪大雙眼，「你究竟知道幾多嘢收埋收埋無話我哋聽？」

Ethan 緊張地觀察外面，不時與 James 對望，並沒有加入我們討論。

「因為我要等呢關佢哋揀埋嗰個人先可以肯定，」我解釋說：「佢哋係要我哋輪流每人做一次挑戰者。第一關甲甴雨我估係熱身啦，要我哋全部人參加；第二關揀天韻應該係隨機，揀咗佢，之後嗰關就到同組嘅我；第四關血色迷宮原本應該係另一個人，但可能有某一種意外，所以畀 Asha 做咗挑戰者。」我決定繼續隱瞞 Asha 代我而死的事實。

如先前推測，第四關血色迷宮可能當成是緩衝關，用以解決目標人物，而非「遊戲其中一關」，所以我才會被複選為緩衝關的挑戰者。為方便解釋，暫且先算為第四關。

「第五關，即係『油炸活人』，本身係綺淇；咁第六關自然係阿忠……你哋有無發覺無一個人係做過兩次挑戰者，人人有份做一次？睇埋呢一關，佢哋特登揀 James 做挑戰者……即係我哋每人都有一次機會會死……」

再推算下去，James 之後是 Ethan；再之後會是本身要玩而沒有玩的綺淇？還是我或天韻？抑或 Ethan 會是最後一名挑戰者，即是我、綺淇和天韻勝出？

因為如果 Ethan 那關完結後，到時候我們在鬼屋想必也待了差不多七、八個小時吧。看來鬼屋設定讓我們輪流一人玩一局，以天韻為例，她在蛇吞人那關活過來，往後不作多餘舉動，如襲擊員工之類，待 Ethan 玩完最後一關就能完成整個鬼屋遊玩，就可以離開鬼屋了！

我也是成功在遊戲中活過來，只有綺淇還未真正玩過，不曉得算不算在內。至少我和天韻已經成功在望！接下來只要安守本份，就不會再有生命危險！

這也是我剛剛敢帶頭跑進玻璃箱的原因。

綺淇皺眉，「你哋有無印象一開始 Jenna 問我哋認唔認得佢？見我哋無反應仲提自己屋企人有幾勁幾勁，好似專登想我哋認得佢咁。而叫得出佢個名嘅人……係 James。會唔會根本就唔係 Zach 講嘅『輪流做挑戰者』，而係因為 James 叫咗 Jenna 個名就做咗挑戰者？」

糟糕了，自從阿忠死後，綺淇一直跟我唱反調，不然就是破壞我的計劃……得罪聰明人，尤其在眼下我們處於弱勢、鬼屋處於優勢的情況下，實在有夠麻煩。

提起 Jenna，我腦海突然冒出一個好點子，「James！既然呢關係你，不如你捉住 Jenna 啦！」

剛被幾名黑 T 恤人壓在地上，正被扣上手銬的 James 大概明白我的意思：既然都成為了挑戰者，沒甚麼可以再輸。力大無窮的他奮力掙扎推開幾名漢子。

重新站起來的他，與 Jenna 相隔才不到一米！James 怒視著她，散發著異樣的獸性，死到臨頭的人果然能夠爆發無限的求生意志！

他朝 Jenna 猛然撲過去，嚇得後者大叫：「Aaron！救我！」我果然沒猜錯，名叫 Aaron 的黑髮少年是鬼屋派來貼身保護 Jenna 的人。

Aaron 擋在 Jenna 前，表情冷漠地掏出一支針筒，衝上前刺向 James！

中針的 James 登時怔一怔，痛叫了一下，想揮拳打向 Aaron 的臉，怎料 Aaron 側身閃避，站穩後馬上出拳由下向上擊中 James 的下巴！

年輕又瘦削的 Aaron，看來應戰經驗豐富，而且力氣意外地不比 James 弱，是個深藏不露的非一般少年。不過假如跟 James 單對單，還是健壯的 James 勝算比較大。

幾名黑 T 恤人再次一湧而上，合力把 James 推倒地上多補一支針。James 看來整個人變得非常虛弱，不足一分鐘便暈倒！

「James！」Ethan 緊張得拍打玻璃門。

綺淇安撫道：「佢應該暫時暈咗啫。」她沒說的是：鬼屋怎麼可能讓他如此輕易死去。

轉眼間，James 引起的小小騷動已經結束，員工推了類似在機場停機坪那種活動式樓梯過來，把昏迷的 James 抬到玻璃箱上層，即我們上方。

上層鐵椅上的機器原來可以動的！Jenna 在平板電腦上按了按，坐墊上的尖錐形頂部徐徐降低，好讓 James 可以坐到椅子上。

從我們這個角度本應看不見 James 的狀況，而鬼屋不知該說是貼心還是變態，他們於玻璃箱外不遠處設了大大的電視屏幕，屏幕上分有四格小屏幕以不同角度，近鏡直播我們上方的 James 狀況。

員工們在上層的準備動作讓我們大概猜到這關 James 將會遇到甚麼事……

他們先把 James 的衣服脫光——這次連內褲都不留——令他全身赤裸，再牢牢綁在鐵椅上，尤其仔細扣好下半身的綁帶，加上椅子坐墊正中央的洞和那個可以上下伸縮的尖錐形機器……他們要摧殘……James！的！肛！門！

「吓！！！」Ethan 聽到我猜測不禁大叫。

「好玩唔玩，」天韻面露難色，「玩人屎忽咁變態？」

我們四人擠在玻璃箱裡，被箱內多盞燈照射，加上通風不是很好，既侷促又悶熱。窄小的空間不足夠我們四人同時走動，我們只好沉默不語地一人佔一角落佇立。

確定這一關自己是安全後，我總算鬆一口氣。與綺淇和天韻這兩位美女，一同被困在如此侷促的小空間，腦海裡幻想著近距離欣賞她們驚惶失措的模樣，讓我再次陷入不能自拔的興奮當中！

我情不自禁地瘋狂掃視她們的身體，享受著無限的刺激和幻

想。

片刻後，Jenna 開口說：「James 醒喇。」原來他們一直等他醒來！打算在 James 恢復意識時才開始虐待他吧。

這是鬼屋慣用的技倆：不足夠的麻醉劑、清醒意識、麻木不仁的殘殺手法……

若然鬼屋屬於美國政府，為甚麼他們要這樣做？為甚麼要捉我們這幾個應該跟美國政治沒有太大關係的人進來殺害？

溫和的前奏

James 醒來後驚愕地張望四周，上層的員工早已撤走，剩下他一人。

Jenna 向他揮手，「唔怕話你知，呢部機器係我發明嘅。而你係第一個用佢嘅人，所以你應該感到榮幸，因為佢將會用你個名命名，以後每次用嗰陣都會提起你個名。當然大前提係呢部機真係 Work……」

「放 James 走呀！」Ethan 打斷喊道：「部機 Work 唔 Work 完全唔關佢事！」

Jenna 無視 Ethan，對 James 說：「希望你等陣可以畀多少少意見我，我想知有啲咩可以改善。」

說罷她向旁邊幾名身穿白袍、戴上面具的員工點頭，他們馬上對錶，並在手上的記事本寫了些甚麼……就像……認真測試實驗的科學家！全部都是讀歪書的瘋子！

Jenna 再次操控平板電腦，尖錐形頂部開始慢慢向上——James 的臀部——伸出！

起初全場靜默，只有機器轉動的刺耳高頻聲。不消一會兒 James 面色鐵青問：「乜嘢嚟㗎？」被五花大綁的他瞪大眼欲彎身向下查看，想必尖錐形頂部已經接觸到他的肛門！

尖錐形頂部上升的速度不算快，他隔一陣子才開始大叫：「呀！停呀！！！」

尖錐形頂部約長二十厘米，此刻已有三份一沒入 James 的下身。我從沒試過被異物鑽進肛門，光是看已經能深深體會他的痛楚！我猜想，最先一定有種被異物頂住、怪怪的感覺，但隨住機器愈來愈深入，不適感慢慢轉為痛楚，直到把肛門強硬撐大……

「呀！！！」James 雷聲大的叫聲傳出。有血自坐墊滲出，沿椅腳流至地面。出血了！「放過我呀！！！」

從電視屏幕可見，尖錐幾乎完全陷進 James 的臀部！

他痛得咬緊牙關連叫聲都發不出，全身不斷扭動，想擺脫鐵椅的折磨和綑綁，下半身出血愈來愈多！以尖錐的深度判斷，James 的直腸甚至大腸肯定已經被刺破！他汗流滿面，嘴唇開始發白。

「指令呀！」Ethan 撲向我們，轉身捉住我們的手叫喊道：「求下你哋幫手救佢啊！」

「感受！」綺淇抬頭對 James 大聲提示：「Jenna 頭先要你講下有咩意見㗎！」

Ethan 敲打玻璃門，「係呀係呀，你快啲講啦！」

「痛、好痛呀！！！」James 緊閉雙眼，用盡全力大叫，彷彿連說句話都會讓他痛苦難耐似的。

見沒有任何動靜，天韻提議，「呢度咁變態，試下講反話可能得㗎！」

她的話讓 Ethan 和綺淇投以疑惑的目光，我附和道：「天韻講得啱，咩都要試！」

James 的反應開始緩慢、身體也沒再掙扎，他嘆道：「好……好舒服……唔好停……」

一片沉默。還是沒反應。

又或者我們往錯的方向去想？鬼屋特意安排我們在 James 身下方，難道想我們從下面破壞機器拯救他？

「綺淇，人命關天，」我把這個可能性告訴他們，「依家 Ethan 會　低界你踩上去，我同天韻會扶住你，你試下拆爛上面嗰嚿嘢！」

連接玻璃箱上下層的蠟燭形機器，用這種設計固然有它的原因，目前只能勉強望到機器的頂部——尖錐頭在 James 肛門轉動，猜不出整個機器的用意何在。

綺淇瞪我一眼說：「踎低俾我踩嗰個係你！」

可惜玻璃箱沒有我們想像中簡單，James 忽然再次尖叫起來：「呀！！！」

「咩、咩嚟㗎？」綺淇驚問。

有利器自 James 的六塊腹肌裡面刺穿出來！清楚見到大概有

五、六個刀尖圍繞他整圈腰肢、由內到外插出來！血漿自傷口不斷滲出！

「停呀！！！」James 慘叫。

我大概知道是甚麼一回事了！

尖錐形鑽進 James 肛門後，除了不斷插入體內、撐大他的直腸、刺破大腸等等，尖錐形還是活動式可以打開的！太！變！態！了！

「呢樣嘢我之前睇 Discovery Channel 嗰陣見過……係中國人以前用嘅極刑刑具，個樣有少少唔同但個原理好似一樣……」天韻身體發抖，「睇到一半我驚到熄咗電視……唔知講畀你哋聽會唔會嚇親你哋……」

Ethan 雙眼發紅地搖晃她肩膀，「講呀！James 條腰點解會咁？」

「就好似含苞待放嘅花冧咁，個尖錐頭本身其實係收起咗嘅狀態……」天韻臉色蒼白斷續道：「當鑽到 James 肚入面就停落嚟……然後……」

見天韻支支吾吾，我接道：「好似開花咁呀屌！尖錐頭就好

似花瓣咁，喺 James 身體入面打開，而且每片『花瓣』其實都係刀片嚟，會拮穿晒佢堆內臟、腸呀嗰啲！」

尖錐頭自 James 的肛門慢慢鑽進身體，肛門、直腸等被撐大已經痛楚萬分，最後尖錐頭竟然可以如花一樣在他體內打開，刀尖扮演花瓣的角色，從體內割破皮囊、刺穿出體外，即是我們從屏幕見到在 James 腰部外的一個個刀尖！

這座玻璃箱豈不是中國古代酷刑的加強版？

「呢班人黐線㗎！」綺淇摀耳不想再聽。

「James！」Ethan 再也忍不住男兒淚蹲下來，「綺淇你快啲踩上嚟！整爛嚿嘢救佢！」

「嗚呀！！！」天韻突然放聲尖叫，令我們三人猛然一震。

「哇！」綺淇也被天韻的慘狀嚇到。

突然，有不少血液自天韻頭頂滴到肩膀！咦？怎麼……

「仆街！」我們四人頭頂都有血！血液自上方滴下來！是 James 的血！

「所以部機器先會喺我哋兩層中間！」我火速把臉上、頭上的鮮血抹走，自上面滴下來的血液暫時未算很多。

尖錐打開之後，James 的血液自「已開花」的尖錐頂部，經其管道（蠟燭燭身）流下來，滴到我們頭上。機器連接玻璃箱上下兩層的設計，為的是使上層 James 的血液淋到我們身上！

不過所幸的是，機器在「開花」後，便停止下來不再運作了。James 已呈半死狀態，若然他能撐過去，是否代表可以離開鬼屋呢？我們終於有人勝出了！

「James……」Ethan 摸著血液，泣不成聲道：「我一開始唔應該俾你入嚟……」

「啊……」聽到 James 神志不清的回應。

等一下，這關是否真的已經結束了？置在上下層間的恐怖機器就只是這樣？讓血滴下來而已？為甚麼 Jenna 要如此設計？

「唔好理咁多喇，」天韻催促，「是但一個拿拿臨踎低畀綺淇爬上去啦！整爛部嘢先算。」

Ethan 只顧望著手上的鮮血哭泣，天韻見我不肯移動，只好把失神的 Ethan 又推又扶地使他半伏在地上，好讓綺淇踩上他的背。

我聳聳肩表示：「我都想踎低，但怕萬一有咩緊急嘢我反應唔切，未必可以及時畀到最好嘅指示你哋。」作為警察，我對自己的臨場反應蠻有自信。

綺淇見沒時間再爭執，就把鞋脫掉，溫柔地站在Ethan背上。她身高比天韻高一點，感覺她可以摸到機器。然而也是因為最接近機器，James的血液全部滴在她臉上。

見James合上眼快要失去意識，天韻向上大聲鼓勵：「James！唔好瞓著呀！我哋嚟救你！」

駭人高潮

綺淇踮高腳，勉強把手伸往機器，她道：「有嗜嘢頂住咗。」

這個角度完全看不見機器內的狀況，我問：「即係點？」

「上面有把好似風扇葉嘅嘢喺中間隔住咗呀，」她道：「我要拆咗佢先，但唔夠高。不如你……嘩！」

她焉地驚叫起來，同時聽到蠟燭形機器再次快速轉動起來的聲音！遊戲還未完？

讓人觸目驚心的是，之前的折磨只是「溫馨」的前奏罷了，真正駭人的高潮現在才正式上演。

綺淇連忙垂下臉，跳落地離開 Ethan 的背。她整臉滿是血！

「呀！！！」虛弱的James爆發第二波極度痛楚的嘶叫，「唔好呀！！！」

我們望向電視螢光幕才搞清楚發生甚麼事。

已打開的花形尖錐頭，儼如裝有利刀的風扇葉，在 James 體內瘋狂旋轉起來！極嘔心地把 James 肚皮內的所有內臟狠狠絞碎！

上層血流成河！大量血液像淋浴、像下雨一樣直灌下來！呆愣中的我們還未反應過來，全身已經被 James 的血洗禮！

未幾，我們才有如從惡夢中驚醒回到現實，只是現實比夢境更要噁心可怕。

玻璃箱內的整個空間瞬間染紅，視線所及的一切：地面、玻璃幕牆上，以至我們四人由頭到腳，無一不沾上灼熱的血紅！

置身如此震撼的場面，我們當中第一個反應的是天韻，她轉身嘔吐大作，綺淇則激動大叫，Ethan 仍然保持呆滯，而螢幕上的 James 已經奄奄一息……

他們之中沒有人察覺，只有我的反應有異於他們。趁著眾人陷入忘我的恐懼之際，我藉故走近天韻和綺淇，看似不經意地將身體悄悄貼近她們，這種帶有偷歡意味的無比快感是我生平第一次體驗！

James 的死已是遲早的事，可以不再顧慮。

此刻首要的事當然是享受難得的機會！天韻雪白的肌膚被染為性感的艷紅，撇除在她身上那堆大煞風景、發出酸臭的嘔吐物，她圓潤的胴體實在讓人難以抗拒！

強忍了伸手撫摸她的衝動，卻無法控制胯下刺激的暖意！

我走過去從後挨近天韻，用擔憂的語氣問：「天韻！你無事嘛？」

趁 Ethan 和綺淇正忙著研究重新攀上去，沒空留意這邊廂，我露骨地把下身再次從天韻身後頂向她那軟軟多肉的臀部！

天啊！沐浴在上層傾瀉下來的血漿、散發出濃濃血腥臭味、隔著褲子摩擦天韻！實在不、得、了！我整個人滾燙起來！

感覺到我身體的反應，天韻倏地一怔，扭頭一臉無辜地望著我，慌張的眼神流露一絲不解。

為甚麼到了如斯地步，你還有這種心情？——應該是她心中的疑問。

「把風扇無啦啦郁呀！我唔上去呀！」綺淇不滿地怒罵起來，Ethan 低頭。

又怎樣呀？他們最後沒有再嘗試爬上去，貌似是綺淇不肯答應 Ethan 苦苦的哀求。

我不捨地離開天韻的身體，探頭望上去，由於照射到機器內的光線不是很充足，只能配合想像，在腦裡描繪整個蠟燭形機器的組成：

如目測，機器的外形和蠟燭一樣：蠟燭頂部的火點即是尖錐頭，它在 James 的體內「開花」後，恍如風扇一樣轉動，用以絞碎 James 的內臟；這把尖錐風扇再往下一些是另一把風扇，我稱之為下層風扇，綺淇不肯碰的正正就是它，它在不知何時起開始快速旋轉起來；而這把風扇再下面就是機器末端，位於下層的上方，像個燈罩似的。

燈罩與下層風扇之間沒阻隔，如果下層風扇沒轉動起來理應可以將之拆掉。然而我們很快就體會到下層風扇旋轉的目的……

機器突然傳出風聲，有點像吸塵機的聲音。其用途果真跟吸塵機一樣，把James體內已絞爛的肉塊、大腸小腸等內臟吸下來！那堆東西掉到下層風扇，經過高速旋轉的刀片風扇，就如被碎肉機絞碎一樣，分割成一小塊一小塊肉塊的肉醬經過風扇直接向我們襲來！

太噁心了！連我也再受不了！

肉醬跟一般的血漿完全不一樣，那是相當濃稠，近乎脂肪的質感，而且帶有比血更惡臭的腥味，也可能因為混有大腸和未消化的食物，一陣難聞的腐屍味撲鼻而來！

肉醬黏答答地淋到我們眾人身上，不難見到當中有深紅的內臟塊、慘白的碎骨、帶血的脂肪膏，更有些不知名的半透明軟塊，是筋還是甚麼我不想知道。我只知道人類的鮮肉醬竟能如此令人作嘔！

我總算明白Jenna病態的想法！她想我們從頭到尾親身感受James的死亡！而且光是血和內臟還不夠，她想用James肉醬淋浴讓我們徹底崩潰投降！

「J……James呀！！！」Ethan受不了刺激，發瘋似的他竟然朝天高舉雙手迎接James的肉醬！

噁！我的胃液翻滾起來。他張大嘴巴高叫，完全不介意暖暖

的惡臭肉醬跌進口中！

從他們之前的對話判斷，應該是 James 硬要跟 Ethan 進來鬼屋，所以作為「把 James 帶進來」的 Ethan，目睹好拍檔死在自己眼前，而且化為肉醬，罪惡感和驚懼的衝擊力實在不輕。

「*嘭！*」天韻終於不支暈倒了，由於我們站得很近，她失去意識後靠到我的身上。

繼天韻暈倒後，換綺淇接力，她嘔吐不斷。

而我，只好緊盯著屏幕，看看發生在 James 身上的事。

經過尖錐風扇和「吸塵機」的摧殘後，想必 James 的身體已經破損不堪。接下來，機器還不肯放過他的軀殼。尖錐風扇持續旋轉，等同把 James 整個人在腰部橫斬，James 被「切腹」了！

先是他的上半身看似搖搖欲墜，有點像地鐵車廂裡打瞌睡的人，向下一點、一點地點頭，腹部卻不斷滲血。當我還在想他怎麼了的時候，他腰部對上的整個上半身與下身分離！向前掉落地上！

「噁、噁噁噁噁噁噁噁噁！！！」有東西卡在喉嚨，無法吞下，我不能自控地噴出一大堆嘔吐物！

James 的身體實在太詭異了！沒了上半身的下半身還好端端「坐」在椅上，尖錐風扇收起並降下，露出腰部切口的爛肉、穿出慘白的骨幹、幾柱向上噴射的鮮血，還有一動不動的雙腿。

*「嘭！」*這刻綺淇也暈倒了。

躺在地上的上半身，手臂呈不自然的角度扭曲著，頭顱歪了夾在 James 的右腿和玻璃幕之間，從他的側面見到吐出的舌頭。

屍體如此兩截被分離開來，怪異地散落地上。我已經認不出那堆骨肉是 James……

相信這關真正地結束了，然而在高溫又焗促的玻璃箱中，親身體驗駭人的殘殺，加上不斷嘔吐、過度亢奮、失去水份……我不住冒冷汗，隱隱頭痛……這刻，耳邊忽地聽到 Asha 臨死前牙齒間發出的咔咔聲，愈來愈大聲……

然後，我的意識被一團黑色的迷霧給捲走了……

先勝一仗

我猛然睜開雙眼，剛剛恍神的時間應該沒有很長。

我們還在玻璃箱裡，見沒人注意到我醒來，我繼續半合眼假裝仍在昏迷中，反正這關的挑戰者是 Ethan，我暫時安全，可以任他們擺佈。

Ethan 他們也是不吭一聲，天韻和綺淇或許仍未恢復意識，而 Ethan……說不定在我恍神之後暈倒或者被打昏？總之我們四個此刻幾乎是人疊人地倒在地上，身上沾滿 James 的人肉醬汁，惡臭和黏答答的感覺讓人極之難受。

幸好黑 T 恤人正打開玻璃門，把我們逐一抬出去。

Aaron 井井有條地指揮大家，語氣完全不像一個十多歲的少年，「放晒佢哋落輪椅先，唔使綁住佢哋，行幾步就到。122855 你揸好把刀，有人醒就插佢……」聽到此我不禁吞了吞口水。為甚麼他用一串數字來稱呼員工？是員工編號嗎？

感覺到有人把我扔在輪椅上，開始向前推。究竟想帶我們去哪？

「Jenna 你跟住我行。」Aaron 說。

沒走一會，輪椅隊列停下來，Aaron 簡短地命令：「121388，搬呢個男人上木床綁實，其他人放落張凳度。」木床是甚麼鬼東西？

AREA 5 玻璃刑房

本以為我們被移往另一間房，瞇眼偷看才發現我們來到「刑房」的另一個角落而已。中央有一塊大木板，應該是 Aaron 指的木床，上面附有多條固定皮革帶，還附設了某種機器。床前不遠處放有三張木椅，當然也附有綁帶。

這裡是新一關的場地！

若果要反擊，只能趁雙腳雙手自由的現在！可惜其他三人仍在該死地沉睡中！單獨對付二十幾人，這個險冒不過，更何況我已經不再是挑戰者，沒必要這樣做。

我認命地被員工扶起、放到椅上後，突發的事情發生了！

*「嘭！」*有人倒地！

Ethan 把員工推倒在地上！原來他根本沒昏倒，可能由一開始就在裝睡。重點是，他是這關的挑戰者，視死如歸！

身上還殘留著 James 碎肉的我們，散發著難聞的腐肉味。Ethan 不僅沒有擦掉嘴角的肉醬，甚至還顯得精力無窮，眼裡散發異樣興奮的色彩。

經過 James 的嘗試，Ethan 當然知道 Jenna 是首要目標，即時向她猛撲！

其實每關轉移場地時均暴露了鬼屋的漏洞——他們讓我們自由活動，要反擊只有這個機會！

想深一層，雖然此關我不是挑戰者，並不用冒險去反抗他們，但萬一在 Ethan「挑戰」之後，他們會再開始一輪新遊戲，到時只剩下兩個女生和我，不見得她們有甚麼能耐可以對抗幾十名大漢。

我霍地站起來，跟 Ethan 一同衝撲向 Jenna！

假設只有我作為唯一犯規者，那我肯定會成為挑戰者，之不過如果我和本關挑戰者同時犯規襲擊他們呢？更不要說我們襲擊成功，可以逃出鬼屋！衡量過失敗和成功的後果，我決定賭一賭！

Ethan 見我跑過來先是一愣，我立時喊道：「我搞掂 Aaron！你去捉 Jenna！」以他瘦削無力的體質，即使處於有點發瘋的狀態，也未必是 Aaron 對手，著他處理 Jenna 比較明智。

冷面 Aaron 亮出小刀、我身後幾名員工衝撲過來。幸好之前有 James，方才逼使 Aaron 使用了那應該是唯一、應急用的麻醉針，這下他只好用刀。

趁 Aaron 把刀插向 Ethan 前，我陡然蹬地一踩，俯衝撞向 Aaron！

避過 Aaron 的 Ethan 撲向 Jenna，受 James 慘死的打擊，Ethan 表現得跟之前判若兩人，他邊狂叫邊伸手跑去 Jenna，嚇得後者腿軟倒地。

反應快的 Aaron 當然躲開我的衝撞，可是同時拉遠了他與 Ethan 之間的距離。先贏一仗！

Aaron 轉身再向 Ethan 跑去，我擋在中間迎戰眾人。以我的身手，估計可以打倒兩、三個人，然而要應付十幾個同時撲過來著實有點難度。

Aaron 舉刀刺來，我為了避開身後的攻擊只能讓手臂硬吃一刀。然後他完全不把我放在眼內，狂奔向 Ethan 和 Jenna！

就在他的刀尖快追到 Ethan、一群員工撲來刺 Ethan 和我之際……

「停手！放低把刀！」Ethan 右手臂勒住 Jenna 的頸項，左手緊握墨水筆要插向她眼睛！

我焦急地喝停他：「唔好呀！冷靜啲先！」萬萬想不到竟然由我來勸阻他，現在 Jenna 作為我們的人質，我絕不能讓 Ethan 傷害她。

Aaron 和員工則不敢亂動，我趁機收起他們的武器，走到 Ethan 旁交了一些給他，我再喝令眾人：「放我哋走！Jenna 帶路，其他人留低！」

我準備過去把天韻和綺淇由木椅移回輪椅，再推她們一起走，終於可以反勝鬼屋了！

Jenna 哭腔勸告：「你哋永遠走唔出我哋嘅控制……你哋完全唔知自己同緊咩人作對……」

怎料，Ethan 真的瘋了，徹底地瘋了。又或者說，失去親人（或許他爸媽早已死掉？連最親的妹妹也死了）和好友，他已生無可戀，只求搞清楚整件事的來龍去脈。

我居然大意忽略了他曾提過，進來鬼屋的目的，從來只是為了查出妹夫的失蹤。

過度激動讓 Ethan 緊握小刀的雙手不住震抖，他大叫：「叫你哋最大嗰個出嚟！」

這句惡霸投訴時最喜歡用的金句，出現在此時讓人哭笑不得，我說：「喂唔好玩啦，離開呢個地獄先慢慢做你嘅柯南啦。」

他不理我，把刀移到 Jenna 的頸項上，刀刃刺得她滲出點點血水！他喊道：「Seal Adam Samuel——呢個人係我細妹嘅未婚夫，你哋三年前喺呢度殺咗佢，係咪？點解要殘殺我哋？」

「唔好理呢啲住先，我哋邊行邊講啦……」我勸阻，此時我已把天韻和綺淇移到輪椅上，可以出發！

可是他卻頑固地雙腳死釘在地上，繼續發瘋地厲聲質問：「呢度係屬於政府嘅，所以你先有信心大大聲話我哋走唔甩，係咪？」

他激動得雙手震抖，將刀刃更用力地陷進 Jenna 的脖子，使其再滲出多一點血液。

「屌，你出句聲啦！佢癲起上嚟真係一刀隊落嚟㗎！」我急忙說。這並不是恫嚇，而是 Ethan 確實情緒亢奮、毫無懼色。

「睇嚟我哋嘅玩家玩得好開心啵。」久違的兔子男聲音終於再次傳出，「我放你走，但你可唔可以放開 Jenna 先呢？」

我立時搶道：「Ethan 唔好答佢任何問題！我哋趁依家走啦！」

「你哋究竟係咩人？」Ethan 朝天大叫，「我究竟做錯乜嘢要咁對我！！！」

「呵呵呵，」事到如今，兔子男還是一副笑嘻嘻的態度，有夠讓人煩躁，「你諗嘅方向錯咗喇。」

制度霸權

「唔係因為你哋做錯嘢，或者你哋係邊個而捉你哋，你應該問，我哋係咩人。」兔子男輕快道。

「唔好再兜圈喇！」Ethan 搖撼 Jenna 的身體，「講呀！你哋係咪政府派嚟嘅人？」

「係係係！」Jenna 渾身發抖，無聲流淚，「呢度係一個制度，背後一層壓一層，你係鬥唔過我哋嚟。」

「屌！」第一次聽到 Ethan 罵髒話，他用漲紅的雙眼瞪向 Aaron 喝道：「你講！唔好要我再問！」

被點名的 Aaron 沒有一絲驚訝，身體卻悄悄接近 Jenna 想找機會攻擊 Ethan。

「退後！」我罵道。

「監獄，」Aaron 冷靜地開口，「你可以話呢度係監獄嘅一部分。」

「美國嘅人口只係佔全球 5%，但我哋囚犯嘅數量佔全球起碼 25% 咁多，」兔子男展開另一個話題，「你哋知唔知政府投放喺監獄嘅支出，係多過教育三倍；知唔知成個美國監獄分佈嘅密集度係高到你哋完全想像唔到？而要數最密集嘅監獄，加州係全個美國數一數二。」

聖地牙哥位於加州……不不不，現在不是「聽課」的時候。

「屌你老味，講呢啲做乜鳩？快啲放我走啦！」既然已經佔優勢，當然不用跟他們客氣。我過去把刀作勢插向 Jenna，「邊行邊講！帶路！」

聽見兔子男他們打算解釋，Ethan 的面色才稍稍和緩，同意一起移動，他連忙催促 Jenna 道：「行呀！一路行你哋一路講！」

Jenna 望望 Aaron，後者點頭示意她帶路。她只好慢慢走向房間的角落處，我喝道：「唔好玩嘢呀，我會插你㗎！」

我著 Jenna 推天韻；Ethan 則繼續在 Jenna 身後架住她；我推著綺淇走在最後，並一直注意身後有沒有人跟來。

「呢度係其中一個監獄？」Ethan 茫然邊走邊問：「我哋又唔係美國囚犯，捉我哋入嚟做乜？」

「呢間所謂嘅鬼屋，最初成立係為咗解決監獄爆滿嘅問題。」兔子男道：「點樣可以解決多出嚟嘅囚犯呢？我哋研制咗呢個最好嘅制度，等囚犯人數達到平衡。」

「你哋將囚犯困喺度？咁點解要捉我哋？」

這時 Jenna 來到刑房裡一面白磚牆前，大力扳下其中一塊磚塊！她把暗門往旁邊推，傳說中的員工通道正在裡面向我招手！

「囚犯自治，」兔子男自顧自續說：「美國係全球第一個國家用呢個制度。我哋喺其他監獄物色適當嘅監犯嚟呢度做管理員——獄卒，你哋可以咁理解。佢哋同普通囚犯無咩分別：失去自由，不過多咗個使命，負責清理國家垃圾。」

踏入神秘通路內，兔子男的聲音自通道的喇叭播出。

裡面是一條迂迴的窄通道，只夠一個人過。有點像恐怖電影裡，殺人犯家中的地牢，黑暗又潮濕，水泥牆和地面均是破破爛爛。

「對國家嚟講，無貢獻嘅人都係垃圾，要我哋使錢嚟養佢哋？更加無可能。」兔子男正義凜然般道：「所以呢班人要被清除。相反，通常高學歷或者有一技之長嘅囚犯都可以做『獄卒』，佢哋識管理，仲有駭客、醫生、老師，多到你哋諗唔到。佢哋負責

晒成間鬼屋嘅日常運作，由安排囚犯出入，以至清潔，都係佢哋一手包辦，駭入 McKamey Manor 系統，主要都係佢哋。當然，唔少得清除垃圾。」

我們以剛剛的次序繼續向前移動，走在最後的我把門關掉。萬一 Aaron 他們衝進來我會叫前面的 Ethan 傷害 Jenna。同樣地，要是偶爾兔子男不說話，我也會出言要脅。

他這番話解釋了 Aaron 以編號稱呼員工的原因……原來不是員工編號，是囚犯編號！

「死刑咪得囉，做乜搞咁撚多嘢？」我不禁吐槽，香港如果有死刑不知方便多了。

「有好多犯人嘅罪未嚴重到要判死刑，而刑期又長，呢班人亦有一個共通點：無人關心。或者就算有親友，都好少嚟探監，死咗都無人可惜……」兔子男回應道。

「所謂清除佢哋係指殺咗佢哋？」最前方的天韻突然開口，嚇了我一大跳。

她離開了輪椅表示可以步行，所以現在是 Jenna 走第一，Ethan 第二，之後是天韻，而我殿後，如此次序繼續走。

「為咗滿足獄卒嘅慾望，佢哋可以任意處理呢班國家垃圾，只要唔好留有痕跡就得。再講一次，出手嗰個唔係政府，而係獄卒——囚犯互相殘殺。」兔子男繼續解釋。

經過了一道門，只是 Jenna 沒有把它打開，她往右拐。

「咁即係『獄卒』住喺呢度，久唔久就收一大批所謂無用嘅囚犯嚟呢度虐殺啦！」我說：「而呢班獄卒本身係變態殺人犯，有人畀佢哋洩慾——虐殺定強姦之類啦，梗係乖乖留喺度唔搞事！」

其實鬼屋這個做法雖則不人道，某程度上卻算是個雙贏的局面。一方面不用大花經費去防止獄卒逃走，另一方面又有人幫政府悄悄做骯髒事，清除一大班被社會遺棄的犯罪分子、負累。

「不過監獄間唔時就運走一大班囚犯，其他人唔會覺得奇怪咩？佢哋嘅親戚應該會出聲㗎？」Ethan 問。

「你永遠想像唔到人類係可以有幾冷血。」兔子男冷笑一聲。

我明白了，他一語道破：監獄職員和管理人員不多不少知道囚犯被運了去哪裡，只是隱約感到背後牽涉一股巨大勢力，而且事不關己，他們也不用看管過多的囚犯，換作是我也不會作聲；也不排除部分親人因為身邊少了個罪犯要照顧而感到輕鬆。

「總會有人關心佢哋嘅去向㗎！」Ethan 應該在溫室長大，仍然無法接受人性的醜惡，他問：「社工呢？父母？記者？冇可能咁多年都無人揭發！」

Jenna 冷靜下來，插口說：「咁你太睇小我哋政府喇。」

我們一列五人來到樓梯面前，Jenna 說總共要上四層樓梯，所以我和 Ethan 輪流接力抬起仍在昏迷的綺淇和劫持 Jenna，天韻則幫忙把輪椅搬上去，中間有幾分鐘小休。

「下面嗰幾層係咩嚟？」到達地面層 G 層後我問：「James 嗰關係 B4 層？」

「可以咁講啦。」Jenna 回復冷靜，停止哭泣答：「B3 層就係你哋開始遊戲嗰層。再上去嘅 B2 同 B1 係內部用途，員工宿舍之類。」

把綺淇安放在輪椅後，我們繼續走。

「我哋仲有幾耐先出到去㗎？」天韻問。
「快喇，G 層係最頂嗰層，依家行緊去出口嗰度。」

進入鬼屋一開始被蒙著眼坐升降機時，還以為這裡有十層樓高，沒想到鬼屋的設計更巧妙，將整座鬼屋建於地底，只露出 G

層為地面層，怪不得能低調地存在於野郊之中。

咦不對，他們未有完整交代，我問：「你話呢度所有人都係監躉，但係兔子男、Jenna、Aaron 同 Doctor Hadden 全部用人名，咁即係你哋唔係監躉啦？」

「起初鬼屋嘅存在只限於政府高層知道，屬於高度機密。」Jenna 再度強調自己是「高高在上」，暗示我們傷害她的話，後果堪虞，她說：「得我 Daddy 同佢身邊嘅親信先會知道。」

「後來秘密當然藏唔住啦，」兔子男續說：「哈哈，不過對鬼屋嚟講係件好事。我哋多咗財政來源。」

「講嘢唔撚好一嚿嚿呀！乜撚嘢呀？」我喝道。

「注意你嘅用詞。」兔子男鮮有認真地警告：「社會上有好多你想像唔到嘅人鍾意嚟呢度。嚟睇下又好，親身參與又好……我記得上星期有對富商夫婦喺其中一關完咗之後，對住條屍攬攬錫錫，佢哋話呢度可以挽救佢哋嘅婚姻。」

言下之意，即是除了囚犯外，還有一些在社會有地位、有財的人都有如此另類癖好？

世界真的存在這種地方嗎？不止集結了高官富商和犯罪份子，擠在這個說大不大的血腥地獄裡面，還任由他們做盡如此駭人黑暗的變態事情？有可能嗎？

「如果係咁，都係你哋美國人嘅事啫！」天韻不滿道：「點解要捉我哋嗰？」

「其實我哋好少招呼『外來客』，嘻，」兔子男不知在開心甚麼，「不過有時客人要求唔要美國人，咁我哋先會提供其他種族畀佢哋玩。」怪不得我們這八人中，非白色人種佔有六名之多。

慢著，我好像忽略了一件最重要的事！

「過埋呢條走廊，前面嗰道門一打開就係出口。」Jenna 震抖的聲音説：「如果我哋放你哋走，你哋絕對唔可以傷害我！」

走廊幾米後的盡頭確實有道木門，有外面的光透進來。

「好嘢！終於可以離開呢度喇！」天韻高呼，急不及待地推 Ethan 向木門小步跑，他逼不得已便抵著他前方的 Jenna 一起走。

「咪住！唔好走呀！」我拼命高呼，要挪開擋在前面的綺淇和輪椅太費時，我索性奮力邊把她向前推，邊大步跑起來，我尖叫：「唔好開門呀！」

此時，Ethan 已經走到門口，興奮的他們怎會理會我呢？

由於他們急停，以至我連人帶輪椅急剎停，輪椅上的綺淇向前跌了在地上。解答了我第一個疑問：我們果真有內鬼！

試問在猶如血色迷宮一樣、又大又左曲右彎的秘密員工通道上，兔子男如何能與我們「言談甚歡」？真的每個角落裝有收音器，還是我們身上仍有竊聽器？

答案在急停的瞬間揭曉，不，應該說在綺淇跌向地上的瞬間揭曉。倒在地上的綺淇一臉驚醒的表情，還有她旁邊的黑色小圓形竊聽器！

那個本身在休息室已被破壞，再度跟鬼屋員工接觸後，偷偷藏在身上，卻意外掉出來的竊聽器！

不過這不是我所指的「最重要的事」！

來不及反應，Jenna 已經把門打開了！該死！

你聽說過嗎？

聖地牙哥鬼屋

San Di
Haunted

AREA 6

形勢逆轉

囚犯自治——這是鬼屋最理想的雙贏制度，沒錯。

現實是，無論鬼屋盡多大力氣去配合本應為囚犯的獄卒們，他們還是會有不滿的時候，因為人類總有無窮的慾望。

當這群獄卒失控時，鬼屋如何阻止他們亂來？——這正正是我們一開始忽略了最重要那一環：警察，不，真正的獄警才對。

Jenna 把門打開後，一大班舉槍指向我們的獄警早就在門外面等著，前蹲後站地排成兩列，人數起碼有二、三十個。他們身穿灰綠色恤衫與黑色長褲的制服、戴著頭盔、舉起手槍，身前架有厚硬的護盾，正全副武裝地蓄勢待發！這次獄警的出動並不是對付由囚犯「扮演」的獄卒，而是我們這幾個遊戲參與者！

綺淇裝成才剛醒過來，驚慌地問：「發生咩事？」假裝看不見讓她露出馬腳的竊聽器。

內鬼的事先放下，當務之急是留下活命逃出去！

然而，門的後方根本不是 Jenna 所說的「外面」，只是一間純白大房間。即使貴賓 Jenna 被劫，鬼屋從頭到尾還是沒想過放我們出去！甚至早已預備好對應各種突發情況的應急方案，好比現在有重要人物被擄走的話，便要把擄劫者引到這裡來。

一切一切都是他媽的陷阱！說不定兔子男方才那番話沒一句真，只是為了安撫我們亢奮又焦躁的情緒罷了！

我喊道：「捉實 Jenna！」我們唯一的籌碼。

Jenna 反應敏捷，她沒有嘗試掙脫或攻擊 Ethan 以便逃走。相反，她登時奮力壓低身體。Ethan 似乎在推測為甚麼她突然蹲下來，一時間反應不及，其中一名獄警已朝我們開了一槍！

我大喝：「踮低！」

*「轟」*的一聲！有人中槍！

「Ethan！」天韻跪在中槍的 Ethan 旁邊，檢查他的傷勢，慌張道：「Zach 你過嚟救下佢啦！」

「唔好理佢啦，連自己都顧唔到！」我道。

Jenna 趁 Ethan 中槍、沒人劫持的空隙，馬上逃跑過去獄警們那方，宣告我們喪失談判的籌碼！

糟糕！整個形勢大扭轉！

AREA 6 員工秘道

「佢個頭中咗槍，無得救喇。」綺淇湊過去。Ethan 額頭正中央破了洞，湧出血液，躺在地上一動不動。

「Ethan！你唔好死呀！」天韻哭泣著搖晃他的肩膀。

大事不妙！以人質威脅鬼屋的行動失敗，我們又失去多一個隊友，而且還加上綺淇這枚計時炸彈！

「全部人都唔准郁！」其中一名獄警喝斥。

對！還有綺淇！

「起身！」我從綺淇的身後強行把她拉起身，用小刀架在她的頸項上喊道：「只要你哋畀我走，我乜嘢都唔追究！」

綺淇不敢掙扎，以錯愕的聲音質問我：「你癲咗呀？放開我呀！」

逃出鬼門關的 Jenna 輕蔑竊笑道：「就算我真係畀你出去，我哋嘅人最後都會捉你哋返嚟。」

「既然橫又死掂又死，不如你哋依家殺晒我哋算啦！」天韻站起來，作勢要衝向獄警，激動道：「講咩贏咗唔使死，整咁多規矩做咩！」

「放開我呀！」綺淇與我正身貼身佇立著，可是此刻我沒有幻想的興致。

兔子男乾咳兩聲，「你哋聽話乖乖地玩落去，我保證你哋係有機會出返去。」

咦，奇怪了。一直以來鬼屋都有它的堅持，從來說一不二。兔子男這番斷言，表示我們確實不處於一味被虐殺的一方，只要勝出遊戲便能離開！

假如先前 Tejal 他們做對指令的話，鬼屋果真能免其一死？不過，兔子男這番話豈不是前後矛盾嗎？

鬼屋的客人和獄卒之所以為鬼屋著迷，是因為鬼屋讓他們可以參與虐殺，滿足他們嗜血的變態癖好。假如我們勝出遊戲後成功逃出去，不就讓他們大失所望嗎？鬼屋敢如此得失客人嗎？

我搖搖頭，太混亂了。

既然我協助 Ethan 劫持人質這件事已經得罪了鬼屋，他們一定不肯輕易放過我，只會讓我挑戰難度更高的遊戲，照目前形勢來看，唯有逃出去才能保命。

「天韻，過嚟。」我逐步往後退，「頭先 Ethan 係因為要脅

Jenna 係命先會俾佢哋殺死，依家危機解決咗，佢哋唔敢貿貿然殺我哋。我哋自己搵路走！」

天韻你是最好的！這下只剩你這個隊友，雖然沒甚麼作用，但總算有人陪在身邊，最重要的是在必要時可以推你去代我送死。

我狠心地把綺淇向獄警們用力地推了推，緊接挽起天韻的手往回走。我們二人離開滿是獄警的純白大房間，快速關門並鎖門後，向員工秘道的深處進發！

「Zach ！放我入嚟！」被鎖在門後的綺淇大力拍門，看來以為我並未發現她是內鬼，仍在演戲，「做乜推我去死呀？」

門後那純白大房間沒有傳出槍聲，證明在安全的情況下，獄警們不敢胡亂殺死遊戲玩家。況且綺淇跟他們是同一夥，更加不會傷害她。

回想剛才在前往純白陷阱房間途中，Jenna 帶我們鑽來鑽去時曾經經過幾道門，說不定其中一道正是出口！而且我們正身處於最頂層的 G 層，無須再上上落落，出口的門一打開便能踏去自由之地！

退一步說，儘管不是出口，那幾間神秘的房間起碼可以找到線索幫我們逃走！總好過留在陷阱房間等獄警捉我們回去，繼續

玩血腥變態的遊戲。

「你哋呢兩個百厭嘅小朋友唔好亂咁行喇，」兔子男可謂苦口婆心啊，他說：「鬼屋入面好危險㗎，有咩事我哋未必救到你哋㗎。」

門外綺淇的呼喊聲倏地停止，換來粗暴的撞門聲，獄警們快要衝出來！

「呢邊！」我立即拉著天韻火速左拐兩個轉角，面前出現之前經過的房門，上面貼有「雜物房」的門牌。

我深呼吸後瞬速打開門，沒時間猶疑了。

房內讓人大感失望，我罵道：「屌，咁細間書房，仲要無窗！」

臨離開書房前，我隨手取了幾件文具來充當武器：釘書機、剪刀和原子筆，分了一些給天韻。

「前少少好似有間房㗎。」天韻提議後，我們直衝狂奔到另一間房，結果門被鎖著。

腳步聲愈來愈接近了！獄警們已經離開純白大房間出來抓我們！沒時間了！

AREA 6 員工秘道

天韻胡亂地拉著我右轉後，我發現前方有道鐵門——我們的最後機會，我高呼：「呢邊！跑呀！」

前往鐵門時，注意到走道旁的牆壁上有一個個小洞，讓外面的光透進來，天韻馬上湊近窺看，「咦？」

那並不是鬼屋外面的空間，而是一間房間。

裡面的環境和佈置很眼熟：八張手術床、一大堆手術用的器材……這不就是我挑戰「人蟲合一」時的實驗室嗎？那時沒怎麼注意到牆上有這幾個小洞。

「佢哋真係好變態囉！」天韻跟在我身後，邊跑邊抱怨道：「啲窿窿一定係嗰班所謂獄卒定客人，用嚟偷睇我哋點樣俾人搞嘌啦！」

「唔好理咁多喇！」我說。

我們走到鐵門前，有可能是通往其中一關的遊戲場地、有可能是出口、有可能是其他房間。

屏息停止呼吸，我一鼓作氣地拉開門把——

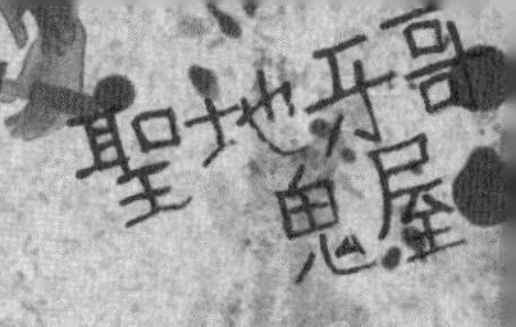

陌生玩家

「呀！！！」天韻被鐵門後的光景嚇得放聲尖叫。

映入眼簾的不是出口，也不是空置的房間，而是……難以說明用途的房間，只能用「一片慘狀」來形容。

此時，整齊的腳步聲已經趕到！

該死，再在秘道裡東鑽西跑的話，肯定會被獄警捉住，我只好把心一橫拖天韻入房內並鎖門，隨手拿了一把地拖卡在門前，希望能暫時拖延一下獄警進來的時間。

燈光不足的小房間昏暗得看不清楚角落，但見天花板倒吊著三具赤裸的屍體——被反綁著手的兩女一男，全身染血、死翹翹地被懸掛於半空中。

三具屍體下分別放有三個膠盆，用來收集他們身上多處傷口滲出的血液。除此之外，房間還有一堆清潔用的毛巾和水桶。

除了我們剛進來的鐵門，房間沒有其他門窗，也沒發現出口，說明我們徹底走投無路了。

*「嘭！嘭！嘭！」*獄警們已經來到門外，他們奮力拍門、轉

動門把，幸好有地拖擋住。

「點算好呀！無路走喇，不如我哋投降啦！」天韻的大眼眨了眨，焦急得猛搖我雙手。

冷靜、冷靜！

「你哋……」深沉的男性嗓音自黑暗的角落響起，突然得讓我們陡然一震，「都係遊戲玩家……？」

房間內只有靠近門口的一盞小燈，男人站在燈光照不到的角落，我們無法看清楚他，只能隱約見到有個人影。

我掏出剪刀戒備說：「你係咩人？」

身穿西裝打扮的中年外國人，滿身鮮血，踉蹌自漆黑處步出，「救我……」

說罷他不支倒地，難道他是其他隊伍裡成功勝出鬼屋遊戲的玩家？

我馬上上前扶著他，「你係邊個？出口喺邊？」

「我係一間手機公司嘅股東，」他氣若游絲地癱坐在地上，

「因為我政治立場嘅關係，俾政府嘅人跟蹤咗一排，突然有一日俾人捉咗入嚟……」

我明白了。原來犯罪分子和達官貴人除了能當獄卒去虐待別人，也會被逼成為遊戲玩家，遭獄卒虐待。總言之，鬼屋會暗地安排一些與政府作對，或被認為是「垃圾」的人進來作玩家，表示鬼屋除了是實現囚犯自治的監獄，同時也是政府清除阻礙物的不見光手段。

我問：「其他人呢？」

「佢哋……」他表情痛苦地道：「死晒……」

「最後警告！入面嘅人即刻出嚟！」獄警在門外吼叫。

「唔緊要！」天韻鼓勵男股東說：「我哋一齊走！知唔知點樣出去？」

他卻搖頭，「你信我……唯一出去嘅方法，係玩贏遊戲……」

*「轟！轟！」*獄警開了幾槍，嘗試把門鎖射爛！沒時間了！

「我哋唔玩遊戲喇！快啲話我知出口喺邊啦！」我斥喝。

男股東無視外面情況，說：「只有光明正大玩贏……佢哋先唔會再捉返你哋入嚟……」

「我唔信囉，佢哋由頭到尾只係想殘殺我哋，整一堆規矩出嚟純粹係呃我哋。」天韻不忿說。

「鬼屋定落咁多規矩同條件……係有原因……」他慢慢吐出每個字，「係要賦予鬼屋一種規律、一種意義……」

我毫不客氣地罵他道：「講乜鳩呀？你係咪就嚟死，所以黐撚咗呀？」

見他一副失心瘋的模樣，我不想理會他，朝房間的牆壁仔細摸索，說不定有暗門！

「人類——即使係我哋一般人認為嘅變態殺人犯——生存落去係需要一個目標、一個生存意義……如果畀佢哋日日漫無目的咁殺人，遲早會厭倦呢種生活……想改變……」他自顧自地說：「我覺得鬼屋定落呢啲遊戲規則，一方面等玩家有求生慾望肯玩落去，另一方面亦畀班客有挑戰同成功感……」

我說：「即係班變態佬見到我哋搏晒命去玩遊戲，會愈睇愈開心啦。相反，一個二個死魚咁就唔好玩。屌，真係當真人 Show 咁睇。」

「佢哋啲指令咁難估到，我哋條 Team 已經死剩我哋兩個咋！」天韻說：「你咁都贏到真係好勁！」

他雙眼眼神渙散，虛弱地說：「指令係有一套固定模式……可惜到全部人死晒嘅最後一刻，我先諗到……」

「如果捉到路，話唔定同佢哋玩真係有機會出到去！」天韻樂觀地對我說。

她坦白問男股東：「咁個模式係乜嘢？你講埋先好死呀！」

「有三種模式……」男股東咳了咳，「第一種係佢哋直接講出嚟，你哋做到就過關；」好比阿忠那次，兔子男叫他吞鐵管，成功吞下便可以過關。

他續說：「第二種係某啲玩家，或者全部玩家做指定嘅行動……」我想起在「蟑螂雨」時，有兩個人嘔吐，觸發玻璃門上升，使我們得以逃離。

聽到這裡，門外面開始傳來電鋸的高頻聲，想必獄警正強行把鐵門鋸爛！

一個可怕的想法頓時在腦海閃過！

「第三種係答問題……」男股東的聲音幾乎被電鋸聲蓋過，「會影響下一關成唔成立……或者喺玩緊嗰陣，講中某啲特定嘅說話就可以過關……我所知嘅模式通常都係呢幾種……」

天韻……？

「我哋有一關係『油炸活人』，嗰陣一開始兔子男有問挑戰者鍾意火定冰㗎，佢最後揀咗火。」天韻若有所思地問：「照你咁講，會唔會喺佢俾人炸緊嗰陣，不斷話自己好鍾意火就唔使再俾火燒，可以過關呢？」

不要再問了……

男股東無力地說：「我哋同你哋玩嘅遊戲唔同，好難答你……而且我都係全 Team 死晒先開始歸納到啲指令模式，未印證過啱唔啱……」

「天韻呀……」我不確定自己的想法，嘗試問：「點解你無問我頭先做乜推綺淇出去……？你唔好奇我無啦啦點解推佢去死㗎咩？」

她吃驚反問，彷彿我本身應該知道答案，「唔係因為你想趁獄警顧住捉佢，嚟唔切捉我哋，等我哋有機會走咩？」

「之前我發現綺淇收埋咗個偷聽器……我就諗，佢應該係鬼屋派嚟嘅內鬼，所以係有目的咁扮暈嚟呃我哋。」我細心觀察天韻的表情，解釋道：「不過我再諗深一層，如果佢真係暈咗，其實要嫁禍畀佢好容易，只要趁行樓梯嗰陣，偷偷地放喺輪椅上面就得喇。以頭先嘅情況嚟睇，任何人都有機會，包括 Jenna、死咗嘅 Ethan 同埋……你。」

「吓？」她先是一驚，面露憂愁説：「Zach……你竟然……懷疑我？」

「啱啱我哋亂衝亂撞，係你帶我行過嚟呢邊，咁啱又會遇到另一隊嘅玩家，你仲要同佢對答如流，好似同鬼屋夾好晒，特登畀 Hints 等我哋可以玩落去咁；出面班獄警開道咁嘅爛鬼鐵門又要搞咁耐……」我一口氣列出種種疑點，「可能我真係誤會咗綺淇……佢唔係內鬼……」

「你成日疑神疑鬼真係諗到傻咗喇！」她由傷心轉為生氣，漲紅雙頰道：「你居然喺呢啲風頭火勢嘅時候懷疑我？唔通我為咗帶你嚟玩遊戲，同你拍拖拍成一年半咁耐喇嗎？」

我自己也覺得不太可能，「所以我咪話唔一定係你，或者係 Jenna 做嘿呢？純粹係想離間我哋，等我哋懷疑對方……」

在我們對話期間，鐵門已經遭電鋸鋸開了一半，獄警們隨時衝進來。

「阻住你哋嗌交唔好意思，」男股東終於睜開雙眼，揮揮手無奈道：「但我仲有老婆仔女喺出面等緊我返屋企……」

「嗚呀！！！」我的腰間突然感到一陣劇痛！聽到電流接通那獨特的*「嗞咧嗞咧」*聲！

「做乜……」話說到一半，天韻就失去了知覺。

在我即將暈倒前，見到男股東從我和天韻身上，抽開手上兩個恍如電動鬚刨的黑色東西，清楚見到那些東西最頂端，有正在閃爍的藍色電流。

他重新站起身俯視我們，根本不像失血過多般虛弱。

「我諗我已經完成呢關嘅指令……」失去意識前，我聽見男股東喃喃自語。

聖地牙哥
鬼屋

你聽説過嗎？

聖地牙哥鬼屋

San Di
Haunted

AREA 7
病毒寢室

獨有獎勵

是甚麼臭味……一股難聞的發霉味刺激著我的嗅覺。有點像是遇上回南天，房間發出那種潮濕霉味，而這裡的臭味卻是刺鼻十倍。

我怔一怔，張開眼。

「仆街！」我不禁罵道。

我們被困在密封的房間裡面，坐在我身旁左右有天韻和綺淇。

這種佈局還能代表甚麼？當然是「遊戲繼續」啦！

「我唔撚玩呀！」我拼命拉扯把我固定在椅上的綁帶，厲聲斥喝：「屌！呢啲遊戲一開始就唔公平，根本贏唔到！」

咦？他們根本沒有將綁帶鎖死，拉一拉便能鬆開，我即時站起身。

「我唔會放過你。」一把冷靜的磁性女聲響起。想必坐在旁邊的綺淇比我較早醒來，或許被獄警拘捕後一直保持清醒，她雙眼帶有厭惡地瞪向我。

她和天韻被牢牢綁在椅子上，唯獨讓我可以自由活動。咦？

「綺淇！你無嘢嘛？」她沒事，太好了！我連忙說：「你聽我解釋！」

我嘗試解開她和天韻椅上的綁帶，卻發現上面加了幾把鎖頭。到底鬼屋故意讓我自由活動，而把她們綁住的原因是甚麼？

「你收聲呀！依家你講咩都無用喇！」雙眼通紅的綺淇罕有地激動大叫。

我無視綺淇的反對，一口氣把她在 James 那一關的玻璃箱暈倒後發生的事簡略描述，連剛剛和天韻在員工秘道逃亡的事也一一告訴她。最重要當然把神秘男股東的指令提示如實告之。

她是個講道理的人，明白我懷疑她是有合理原因的，「但你唔可以咁隨便就推我去送死囉！頭先班獄警見我撲過去，差啲開槍呀！」

但你現在還不是無損無爛，他們不會傷害內鬼的——我吞下這句連自己都半信半疑的話，免得再次傷了我和綺淇之間的和氣。

「如果天韻係佢哋派嚟嘅話，點解佢哋仲綁住天韻？」綺淇聽完我的解釋，語氣有所緩和地問：「佢哋唔係以為咁樣我哋仲會信天韻呀嘛？！」

老實說，綺淇和天韻均有機會是鬼屋的人，又或者根本沒內鬼，如之前我對天韻說，鬼屋純粹使計離間我們三人。

「咁又的確未證實到佢係放偷聽器喺你度嗰個人。」我只好說。

她突然想到甚麼似的緊抿嘴巴不說話，若有所思地望望我。

「我知道你諗緊咩，畀著我都會咁懷疑。」我道出她的心底話：「你喺度諗，話唔定由頭到尾都係我鳩噏，其實我先係內鬼。」她果然是頭腦清晰的人，會懷疑我也在所難免。

率直大方的她馬上點頭，「無辦法，你呃過我太多次。」

Asha 早已死掉的事實、阿忠之死等等……方才還要推她去死，相信我在她心目中的形象早已是一個賤男。

「我唔知點為自己辯護，」我老實說：「之前所做嘅一切都係真心為大家好。」

她不置可否，問：「咁你遇到嗰個鬼佬真係其他 Team 嘅玩家嚟？」

「我覺得係。我估佢嘅過關指令應該係電暈我哋，或者係說服我哋繼續玩落去……」

「唔通佢真係完成到指令，依家鬼屋班人放咗佢出去？」

「我都唔知，暈咗之後，一醒就喺呢間房度，無見過佢喇。」

「呢度係……邊度嚟㗎……？」天韻迷濛地醒來，「好臭呀……」

「天韻你醒嗱？」我問。

「做咩綁住我！」她試圖掙扎。

「我哋俾人鎖實咗。」綺淇說：「我覺得……我哋俾佢哋捉返返嚟，係要繼續遊戲。」

「吓！點解呀！」她哭鬧道：「頭先明明就嚟走到出去㗎！放開我呀！」

畢竟由充滿希望扭轉為失望，她這種大吵大鬧的反應可能才算正常。反觀綺淇，她有時顯得……過份冷靜沉著。

「咁點解淨係放咗 Zach？快啲過嚟解開我呀！」

「Well，Well，Well。」兔子男推開房門，看起來心情愉快的他搖搖擺擺地走進來，十幾名面具男跟在身後……獄卒們進入房間後散落地佇立。

我退回天韻和綺淇中間戒備著。

「睇嚟大家都醒咗喇喎，」他拍拍掌道：「咁我哋繼續啦！」

說罷他坐到與我們相隔一塊小空地的一張大床上。對，是大床。

我們身處在一間疑似大睡房的場景內，不知是否因為外國空間比較大，儘管此睡房沒有窗，卻因為有很多空間讓人活動，有效減低侷促感。

房間採用在鬧鬼古堡裡常見的的歐式裝潢，除了中央一張垂下紗帳的搶眼大床外，其他應該出現在睡房裡的東西應有盡有，包括衣櫥、床頭櫃、梳妝桌等等。

剛剛跟綺淇她們討論時，我一邊東翻西找，偌大睡房唯一出入的木門被鎖上；衣櫥及床頭櫃內空空如也；房內只有舊衣舊鞋，沒有一件物品能當作武器，也沒找到解開天韻她們身上鎖頭的鑰匙。

結論是，這裡並非一般的睡房。

作為此關遊戲的場地，這裡完全沒有睡房該有的舒適自在感，反倒讓人感到極度不安。

整個房間無論是掉落的碎花牆紙、陳舊的深色地毯，或散落滿地的舊衣舊鞋……全部跟血色迷宮一樣，不是封塵就是發霉，雙人大床上的枕頭和被單更是多年沒洗似的，鋪了一層灰塵、染上一塊塊或泛黃或發黑的污漬。

怪不得醒來時有股濃烈的霉味撲鼻，這間房根本是幾十年沒有清潔過。

如果遊戲仍要繼續的話，這關本身的挑戰者 Ethan 已經被殺死，勢必由我這個襲擊者補上無誤！不，應該說現在甚至不屬於遊戲的其中一關，是懲罰關、不設指令才對！

之前在雜物房偷的文具還在身上，而兔子男與我距離如此接近，只要我撲過去出奇制勝，趁其他獄卒來不及反應前，劫持他做人質就行了！

「相信大家經歷咗咁多嘢都應該好氣餒㗎喇，」兔子男坐到床邊輕鬆地踢著腿，與西裝筆挺的嚴肅打扮形成反差。看起來絲毫不怕陳舊的床褥會有跳蚤似的，他說：「講個好消息畀你哋聽啦。」

我在腦內急速盤算：衝過去，再掏出剪刀抵住兔子男脖子，還有他旁邊獄卒反應的時間。我認為勝算是五十比五十。

兔子男續説：「呢一次我哋唔會罰曳曳嘅 Zach，反而會獎勵一下佢㖭！」

咦？等等……

我湊近綺淇耳邊，悄聲問她意見：「其實我哋留咗喺鬼屋入面，應該差唔多有八個鐘㗎喇嗎？」

「我知你想問咩，你諗緊捱埋呢次懲罰應該夠鐘，大家可以走人。」這便是跟聰明人對答的方便，她馬上意會到我的意思，說：「不過你諗下，佢講嘅『獎勵』，意思會唔會係殺死你㗎？而且我覺得要趁你仲行得郁得嗰陣反擊，逼佢哋解開我哋，等我哋一齊走啦！」

她説得彷彿完全不怕襲擊失敗，自己會成為下關的挑戰者似的。

「但依家得我一個人……」參考之前兩個犯規者的後果：Asha 襲擊中醫師，所受的懲罰是被虐殺致死；Ethan 因劫持 Jenna 而被獄警們開槍射死，我說：「就算真係畀我捉到兔子男，佢哋實會派有槍嘅獄警入嚟鎮壓，到時我實死㗎喎……」

「你哋兩個卿卿我我傾完未呢？」兔子男呵呵兩聲說：「如果 Ready 就請我哋呢個環節嘅男主角上床就位啦！」甚麼？上

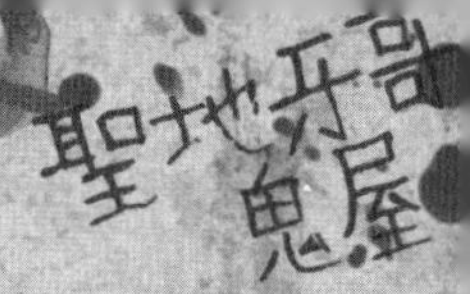

床？

我環視眾人一圈，兔子男說要獎勵我的話，在場只有綺淇和天韻這兩名女性。

一張床、一份獎勵、兩名女生……？

接下來到底會發生甚麼事呢？

病態享受

「唔好呀 Zach！」天韻憂慮的聲音自我的背後傳來。

我沒理會她和綺淇的勸阻，大步走去發霉大床。兔子男早已手舞足蹈地退開一旁靠牆站。

比較過劫持成功與否的結果，我當然選擇了接受兔子男所謂的獎勵。畢竟只得我單人匹馬與十幾人對敵，加上持槍獄警實在太可怕了。

兩名面具男移到床邊戒備，我則坐在床上，面朝綺淇她們與我之間的空地，靜候兔子男發落。

拜託給我綺淇！綺淇！

兔子男揚揚手說：「好，大家準備好喇！有請我哋嘅主角，Joanna！」原來給我的獎勵並不是綺淇或天韻，而是一名叫Joanna 的女生。

不祥的預感愈來愈強……先不論所謂的獎勵內容是甚麼，總之對象不是阿婆或死肥婆就已經很好了……

面具男打開房門。我倒吸一口氣，暫停呼吸，等待踏入房間的人……

「吓！」天韻驚呼：「男人？」

甚麼？竟然是面具獄卒？一看身型就知道是男人啦！

「屌唔撚係呀嘛？」我驚呼。

然而，我注意到他手執一條粗麻繩，似乎正在拖些甚麼進來。全部人再次噤聲，好奇跟在獄卒身後進房的人到底是誰。

「乜、乜嘢嚟㗎？」一見到來者踏入房間內，連一向處變不驚的綺淇都不禁失聲大叫。

我頓時從大床跳了起身，難以置信大聲疾呼：「仆你個街！乜撚嘢嚟㗎？」

「吓？！」天韻睜大雙眼地驚訝叫嚷。

緊接在面具男後面進來的，不是女人，不不不，根本不是人類！

是！一！隻！該！死！的！豬！

「屌我唔撚同你哋玩呀！」趁門還開著，我小心越過那頭勉強稱得上是豬的物體，打算奪門而出！

左右兩旁幾名面具男立即拉住我，合力強行把我壓到床上。

「好臭呀！」天韻漂亮的臉皺成一團，「呢隻係咩嚟㗎？」

綺淇嘆息：「我諗係一隻豬……都真係幾核突嘅……」

她們不太能認出那是一隻豬的原因無他，是因為它跟平常見到的豬完全該死的不同！這隻豬全身都患有噁心的皮膚病！根本不是那種常見粉紅、帶點短毛的可愛小豬！

那隻豬身上隱約能看到未被感染的粉紅色皮膚，可是全身其他七成面積，均是凹凸不平、一塊塊深棕色近乎黑色的結痂還是癬斑的硬化物！是深棕色！皮膚病一般頂多不是鮮紅色的癬而已嗎？！

AREA 7 病毒寢室

本身應該鋪有薄薄一層短毛的皮膚，但因皮膚病而掉光毛髮，皮膚表面甚至看起來濕濕的……像是……水泡破裂、滲出那種惡臭的油性透明汁液！啊！！！不行！這是我看過最讓人作嘔的皮膚病！

本來房間的千年霉味已經教人反感，他們拖入來的這隻皮膚病豬更是臭氣薰天！

我與牠相距不足一米，可是牠發出那種混合豬本身的體臭，加上似是流膿還是甚麼液體的強烈臭味充斥整個空間，讓人不想再待在房間多一秒！

該死的大睡房既沒有窗，冷氣又不夠，本身已經有點悶熱。加上皮膚病豬令人窒息的奇臭，讓我開始眩暈，不斷冒汗。很想喝一口冰涼的清水……

負責送牠進來的面具男戴著手套，不讓自己的任何一吋皮膚有機會與它接觸。這代表甚麼？代表那隻豬的皮膚病是可以人豬互傳的！不會吧？

天韻同情地表示：「唔知點解我覺得佢好可憐……」

我登時大吼：「你講緊隻嘢定我呀！」

皮膚病豬被拖到房間中央後乖乖地站定，由於眼皮的結痂腫塊以致睜不開眼睛，看來受盡皮膚病的煎熬，感覺牠快要站不穩，即將倒下來了。

「屌！」我奮力扭動身體，想掙脫壓在我身上的面具男，「放開我！我唔知你呢啲係乜鳩獎勵！我唔撚要！」我深呼吸吶喊：「唔撚要呀！！！」

怎料，兔子男和站在他身旁兩、三名面具男，像是被逗樂了似的，同時哈哈大笑起來！笑聲在如此極度不安的情況下顯得更是詭異，我不敢想像接下來會發生的事。

兔子男語帶安慰地說：「你唔使心急，等我介紹下 Joanna 嘅背景先。佢呢種病叫豬皮膚霉菌病，患病中期會痕癢、毛髮脫落、潮紅、起水泡。到後期啲水泡爆晒之後會結焦，呢啲結焦甚至會密到連成一片片，你依家見到嘅深啡色嘢就係喇。」

他補充：「講咁多畀你知，係因為想你有心理準備。呢種皮膚病係可以傳畀人類嘅，不過你唔使擔心！有得醫喋！」兔子男把皮膚病說得像是感冒可以輕易治好的口吻跟我解釋，讓人更憤怒！

我朝他的方向大力吐口水，「我屌你啦！我唔會掂佢喋！」

「唔，你係有權咁做嘅。」他無奈攤攤手，「不過唔聽話嘅下場你知道係點㗎可？」

神經病！簡直瘋了！

「佢都未講要做咩，不如聽咗先啦。」綺淇沉著氣提醒我。

「我哋嘅綺淇永遠係最聰明嘅！多謝你嘅提醒。」兔子男道：「你哋唔好睇 Joanna 咁嘅樣，其實佢之前好受歡迎㗎，我哋好多手足同男性客人都爭住要同佢玩……」

我已經不想思考他口中的「玩」是指甚麼變態行為！

「不過可能就係因為同太多人玩過，好不幸地，佢喺一個月前證實染上咗梅毒。」他頓了頓說：「如果你哋質疑緊豬會唔會染上性病，我可以答你，係會嘅，因為 Joanna 就係好好嘅病例。」

「屌你！」我打斷道：「唔使講咁撚多！即刻放走我呀！」

我的責罵卻惹來兔子男身旁的面具男的賤笑聲！「我哋好多客人因為無得再玩而覺得好失望。」兔子男可惜地道：「所以接住落嚟，希望我哋嘅男主角可以好好服侍一下 Joanna，等大家睇得開心！」

「仆街！！！」我高聲吆喝：「你哋唔撚係變態到咁撚樣呀

嘛？」

儘管那隻豬是雌性、儘管我或許有少許另類癖好，可是我絕對不會對任何動物產生那方面的幻想或興趣！更何況是一隻有皮膚病之餘，還有性病的豬！

「吓！」天韻這才明白這關的指令似的，恍然大悟地道：「你要 Zach 同呢隻豬……？點做得落呀？你哋都唔會想睇啦！」

綺淇冷靜地分析：「如果呢間鬼屋係為咗滿足有另類癖好嘅人，咁依家有人想睇其實唔奇……」

「黐撚線！」我叫嚷：「我唔理你哋點撚樣，呢隻咁嘅嘢我唔會掂佢！」

「都話咗係送畀你嘅獎勵咯，唔好咁嬲啦。」兔子男依舊一副令人憎惡的開朗語氣，「我哋想你真心覺得舒服享受。作為一個男人，同呢位咁獨特又乖巧嘅 Joanna，玩到最激烈嗰陣會有咩反應，你明白我講乜嘢啦？」

甚、甚麼？

「屌你！你哋一個二個真係要睇醫生！」我拼命搖晃手腳，「癲！撚！咗！」

這群人到底病態到甚麼程度啊？！

假選擇

「嗱，選擇我就提供咗畀你，要獎勵定係懲罰你自己揀喇。」兔子男不負責地拋下這句話。

「咁萬一佢真係做唔到呢？」天韻緊張地問：「你哋會點懲罰佢先？」

他聳聳肩，「之前幾關做唔到指令嘅下場你見到㗎啦。」

死。只有死。

不行。我深呼吸，先冷靜下來。

自從 Ethan 和我劫持 Jenna 之後，鬼屋其實算是有讓步，他們除了安排另一個隊伍的玩家把指令模式告訴我們，還讓我們體驗他過關成功的一刹，無非想鼓勵我們玩下去。而這刻相信快滿鬼屋設定的八小時，代表這一關，不，這個懲罰應該是整趟鬼屋之旅的尾聲。

正如我之前所推算的，只要捱過懲罰、成功完成指令便能逃離鬼屋！

「係咪我完成咗你嘅要求，就可以走到先？」我放棄與壓在我身上的面具男角力，開門見山問兔子男。

可是他貫徹鬼屋不給多餘提示的做法，避過我的問題，「呢一關畀嘅指令已經好清楚，我諗你要優先考慮嘅，係你到底有無能力完成。」

「屌你傻㗎，係男人都……」我當場怔住。我明白他的意思了。

他們當中某些人有另類癖好當然沒問題，可是假若對這方面反感的話，能不能有生理反應，甚至到達高潮真的成問題。

而最大的問題是，跟這隻病毒豬接觸，不就會感染到牠噁心的皮膚病和性病嗎？即使我成功完成指令，逃出鬼屋，最終也會病死吧！

我望向綺淇和天韻想聽聽意見，她們別過臉不敢與我有眼神交流……若果真的要做，豈不是、豈不是要在眾目睽睽下？

「如果我……我做唔到……」我喪失求生意志，嘆氣道：「你哋應該唔關事，仲可以走到……」

「Zach 唔好放棄呀！」天韻激動起來，「我明白你係被逼先做呢啲嘢！我支持你！」

綺淇說：「我可以幫到你，叫佢哋解開我啦！」

思前想後，再次面對冒險反抗或乖乖就範的兩難抉擇，我最終還是決定按鬼屋要求試一次！

回顧之前幾關挑戰，這次算是沒那麼危險，起碼沒有即時生命威脅。只要硬著頭皮去做，確實有機會完成。

嚴格來說，比起 Tejal 和阿忠他們在生死邊緣做出難猜的指令，這關算是較易完成。

我吸口氣道：「好，我做。你叫佢哋放開我。」

幾位面具男經兔子男點頭示意後鬆開我，他叮囑我別趁著可以自由走動時亂來，不然可能會有更可怕的事情發生。

我鼓起勇氣，慢慢走向病毒豬腳邊，在眾人目光下脫了褲子……

整個過程相當屈辱而且極度噁心，我從未看過這方面的影片或圖片，然而我可以肯定這絕對不是一件享受的事，更不要說對象是一隻有嚴重皮膚病和性病的豬！

期間不慎碰到牠背上的深棕硬化皮膚，那種既乾硬又粗糙的結痂讓人不安得汗毛直豎！結痂底下的皮肉已開始腐爛，按下去好像擠破了內裡的水泡，引致表皮結痂再度破裂，有濃濃的惡臭怪液從縫隙湧出來！

我強忍嘔吐的衝動繼續下去……耳邊傳來嗡嗡聲，非常頭痛。

這個嘔心場面實在過度駭人，天韻和綺淇早已緊閉雙眼不敢再看。幸好天韻怕得哇哇慘叫起來，聽著她痛苦的呻吟加上我幾乎全程緊閉雙眼，有助我進行動作。

正當我汗流浹背、幻想對方是天韻時（很難，但只能這樣），站在兔子男身旁那兩、三名面具男居然解開褲子拉鍊，把裡面的東西掏出來撫摸！太瘋狂了！這幾個肯定是病態到無藥可救的死瘋子！

根據我的觀察，他們從頭到尾都沒有如其他面具男般幹活，例如幫忙鉗制我等等，我懷疑他們可能是鬼屋的客人，混入員工當中，想親眼「欣賞」這場極變態厭惡的一幕！

世界上真的存在這種人。這種有財有勢，而內心醜惡黑暗得不為世人所接受……相信要是最親密的親人發現他們有這一面，也無法相信甚至抗拒。

AREA 7 病毒寢室

房間沒有時鐘，我估計起碼花了二十幾分鐘才真正完事，胃內一直翻滾的東西終於再也忍不住……

「嘔嘔嘔嘔！！！」我連褲子都來不及穿好，便轉身向一旁大吐起來。

反而嘔吐物能引起疑似客人的厭惡，其中一人抱怨道：「妖，好核突。」

「好喇好喇！」兔子男拍拍掌，「多謝我哋嘅男主角為大家上演咗咁精彩嘅一幕。」

「080555，幫我哋請返 Joanna 出去；128612 清理一下現場，為下一個環節準備。」兔子男馬上指揮，「男主角可以退場喇，麻煩返去你個位度坐低啦。」幾名面具男開始動起來，其中四名朝我走來。

「咩話？！」我馬上拉好褲檔，後退一步，「唔係已經完咗喇咩？仲唔放我走？」

他向幾名疑似客人點點頭，後者施施然舉步走向房門。是一切都已經結束，他們已經沒有「好戲」看的意思嗎？！

兔子男愕一愕，無奈地攤攤手，「如果我無記錯，一開始我

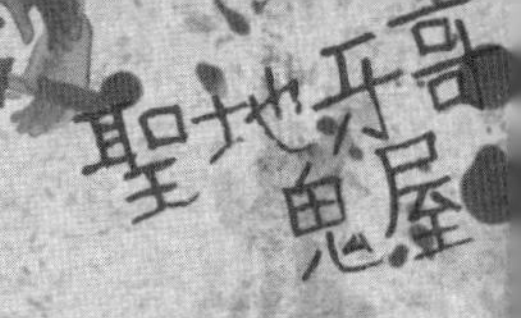

已經講得好清楚：只要大家跟從我哋嘅指令去做，就可以成功出返去！完成全程大概八個鐘嘅冒險時間……不過你哋當中仲有人未參與過挑戰……」

「你講大話！又話最多八個鐘！」綺淇吆喝：「又話 Zach 搞完嗰隻豬就可以走！」

慢著……我靜心回想，兔子男有這樣說過嗎？

「我哋從未承諾過鬼屋係有時限，八個鐘只係玩完所有關卡嘅粗略估計時間。你哋覺得已經完成晒所有關卡喇咩？」兔子男可惡地搖晃食指，「由頭到尾我只強調一點：完成指令就可以走。而你哋呢 Team 人仲差一關，最後一關未過。」

「任得你講乜都得㗎啦依家！等陣玩完嗰關又話仲有一關，玩到我哋死晒為止！」天韻喊道。

「但係兔子男實在無講錯……」綺淇出乎意料地如此說，似乎領會兔子男的意思，「按照 Zach 估鬼屋揀每關挑戰者嘅方法：每人輪流玩一個關卡嘅話……我哋當中確實有人仲未玩過，換句話講，未完成全個所謂嘅冒險旅程……」

「綺淇真係聰明伶俐！」他直豎姆指讚許，「所以仲有一個最後遊戲等緊呢位挑戰者玩！」不用多說，大家都知道那個人是誰。

是綺淇！我們八人當中只剩她一人未當過挑戰者！

不等兔子男指示，面具男已經解開綺淇身上的綁帶，然後走過來拉我回座位。

而我，正悄悄等待最佳時機。我打算趁著幾名疑似客人前往房門要離開這裡，經過最接近我的地點時，掏出剪刀撲向他們！

因為面具男們最錯在於，沒有錯開我和綺淇手腳自由的時間點——他們沒想過除了我，綺淇身上也偷偷藏有我在雜物房取走的文具——一開始兔子男他們未入房前我已不動聲色地塞了些給綺淇。

這正正也是她一再要求解開身上綁帶的原因：她有能力跟我合力反擊！

八人一組

「你哋八人一組咁進行遊戲、完成指令就可以出返去。」進鬼屋前兔子男如此介紹鬼屋的規則。

這說明甚麼？說明我們分別完成自己所屬那關遊戲的指令，

便等於勝出了，可免一死，這是已知事實。可是，這代表我們能離開鬼屋嗎？

要是如此的話，鬼屋早該把完成「蛇吞人」的天韻，和完成「人蟲合一」的我放出去了，為甚麼還要繼續困著我們呢？還是，所謂的指令其實細分成兩種……？

第一種是每關指令，做對等於勝出當關遊戲，不用死；然而，不用死卻並不等於可以離開鬼屋，所以有第二種指令：整個鬼屋遊歷的總指令，按全組八人整體的過關表現，來決定我們能不能離開鬼屋……

這也符合兔子男強調的八人為一組這項原則……不會吧……

我在腦內快速整理已得線索，最關鍵的問題是：在員工秘道所遇上的男股東，由於他應該已完成指令，亦即已勝出當關遊戲，照理説他不用死。可是，他所屬的小組除了他以外，全部人已經死光，亦即做不到第二種指令（全組人過關），那麼，鬼屋真的有放他出去嗎？

不！其實連他的下場如何，兔子男也沒有交代。這反映了同樣已完成指令的我和天韻，跟男股東一樣，不用死，卻不一定能離開鬼屋。到底綺淇挑戰完畢後，我們會有甚麼遭遇，目前仍毫無頭緒。

AREA 7 病毒寢室

與其眼見綺淇可能過不了這一關，到最後只剩下弱不禁風的天韻幫我，倒不如現在趁我和綺淇手腳自由，一同攻鬼屋不備！

「你班仆街！我要你哋搞返隻豬呀！！！」我霍地猛衝向其中一名疑似客人。

綺淇的運動神經非常好，見我有所動作立即跟隨行動，她以牙還牙地用綁帶反綁面具男，再以墨水筆狠狠插去另一個面具男的眼睛。

我的賭注押中了！綺淇不是內鬼！

她飛快地從被插眼的面具男身上，奪過小刀連鑰匙後，一邊把鑰匙拋給天韻讓她自行鬆綁，一邊迅速躍到兔子男跟前！她的動作比想像中更俐落，眼神相當凌厲，果然得罪女人沒好處……

慢著，她衝向兔子男？！劫持客人不是更好嗎？

這時我也趕到疑似客人面前，將剪刀架在他的脖子上，揭開他臉上該死的面具。面具之下只是一個普通外國男人，普通得有如在聖地牙哥大街與我擦身而過的路人們，沒有戲劇性地長得特別好看或者醜陋。

「屌你哋班冚家富貴！」此際形勢再次逆轉，我亢奮地高叫：

「一個二個唔揪好郁！」

我正劫持的這名人質到底是貴客還是獄卒，只要觀察其他人的反應便知道……兔子男面對來勢洶洶的綺淇，不敢作出任何反抗——Bingo！客人無誤！

「仆你個街！個個都黐撚線！你呢條變態仔即刻過去搞隻豬畀我睇！」我們正處於上風，勝利感使我禁不住如此喝令兔子男。不讓他染上性病，這口氣我實在嚥不下！

豈料，綺淇唐突的舉動殺我一個措手不及。

她摘下兔子男的面具，同樣是個相貌平凡，三、四十歲路人般的外國男子，綺淇二話不說用小刀狂插他的右眼！

「你個賤人！」她漲紅著臉吶喊：「我要你陪阿忠一齊死！」

天啊！我忽略了她跟 Ethan 一樣，一心只求報復，而「逃離鬼屋」在他們心目中僅排在第二。

「呃呃呃呃呀呀呀呀！」兔子男的右眼瞬間濺出血花，痛得胡亂揮手，令綺淇轉而亂刀插向他的雙手和上半身。面對突如其來的密集式攻擊，兔子男根本來不及反抗。

一向冷靜沉著的綺淇，此刻猶如著了魔地揮刀，雙眼閃出獸性的光芒，嚇得我目瞪口呆，不懂作出反應。

她的淚水不斷滾落臉頰，把渾身是血的兔子男推倒地上，一下子跪坐在他身上，看來準備給他致命的一擊。她用雙手緊握小刀，對準兔子男的胸口，咬牙切齒地喊叫：「我要你墊屍底！！！」

用綺淇給的鑰匙替自己鬆了綁的天韻，比其他人較快反應過來，箭步上前拉住她勸阻，「綺淇！冷靜呀！」

失血過多的兔子男氣若游絲地呻吟：「唔……嗯……」

「怕乜撚嘢呀！」我激動地叫囂煽動綺淇，「殺撚咗隻仆街兔！」

綺淇一把推開天韻，高舉小刀。她要出手了！

「嘿、哈哈哈哈！」躺在地上的兔子男，忽然像在看喜劇般吃吃大笑起來，雙眼流血的他看起來莫名怪異。

連同綺淇在內，大家愕住盯向他，他忍笑道：「你……好似仲未搞清楚……」語畢他又大笑。

嗯？甚麼？！

「仆街！！！」言行優雅的綺淇居然大罵髒話！汗珠佈滿她的整張臉，甚至生氣得面露青筋，狠狠地把小刀送入兔子男的喉嚨！他的喉嚨一瞬間被割破，馬上向四周噴灑血雨！

綺淇殺了兔子男！

「你殺錯人……」血液不斷從他的頸項和嘴巴咕嚕咕嚕地湧出，他斷斷續續道：「你無可能……為你細佬報仇……」

甚麼？！不管了……

我這才冷靜下來，登時呼喝被嚇呆的天韻：「人都死咗，你快啲拉綺淇走！我哋要行喇！」不然持槍獄警趕到便糟糕了。

說罷我維持以刀劫持客人的姿勢，跟在他身後開始向房門邁步，由於他不想步兔子男的後塵，只好乖乖聽話被我推走。

唯獨綺淇仍死命地騎坐在兔子男的身上，無論天韻怎樣使勁拉都拉不動。

雙眼通紅的綺淇全身不住震抖，喘著氣喝令瀕死的兔子男：「唔好再講喇！去死呀！」若然此際沒有天韻拉住，綺淇勢必撲下去緊掐兔子男的脖子。

「唔好理佢亂噏啦，我哋快啲走啦！」天韻快要哭似的與綺淇角力。

「死咗我一個……仲有一大班人可以取代我……」兔子男被血嗆到咳嗽起來，「你哋嘅敵人……真正嘅敵人係成個制度……咳……」

這句話簡直當頭棒喝！即使讓綺淇殺了他、殺了 Jenna，甚至殺光這裡所有客人又如何？

正如 Jenna 說過，鬼屋是建基於一層壓一層的大制度裡，上至政府決策者，下至犯罪份子，是一個制度，可說是一種暗黑文化。罪魁禍首不單單是一個人，而是一大群散播於美國各處、在明在暗的集團……

相信綺淇深深明白這一點，不，可能比我更早明白這一點，她在阿忠死後那刻已經揚言要殺光整間鬼屋的人，而不是單獨針對兔子男。

可惜，實際上她知道根本沒可能做到，所以只好淒涼地以兔子男為發洩對象，那種既知道殺死親人的仇人是誰，卻無法報仇的不忿怪是可憐。

「行啦綺淇！」我大喝：「佢講得啱，畀你殺晒佢哋都無補

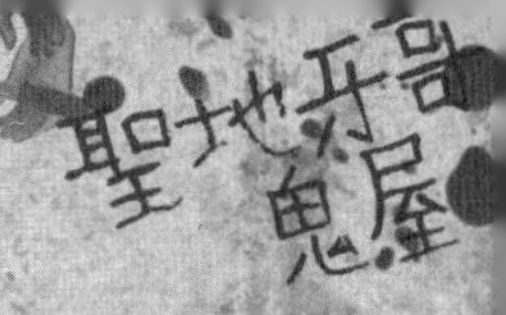

於事！」

天韻附和道：「係呀，阿忠一定想你保住條命，多過為佢報仇㗎！」

幾經波折，我們三人連同一名客人總算離開病態大睡房，再次鑽入員工秘道。

有過一次掉進陷阱的經驗，和摸熟了一小部份員工秘道後，這次，我有預感我們三人可以突出重圍，重見天日！

到底，再次上演的劫持戲碼能成功帶領我們逃出鬼屋，抑或把我們推往地獄的更深處呢？

燦爛星空

我們一行四人，於宛如迷宮陣的地面G層小心翼翼地移動，每次開門、每個轉角隨時有一大群持槍獄警以槍瞄準我們。

在昏暗潮濕的空間轉來轉去，加上長時間腎上腺素過高及集中精神，讓我的身體開始吃不消。跟在客人身後的我漸漸神智不清，前臂的蜈蚣傷口因藥力再度慢慢散退，開始隱隱作痛。

我快要撐不下去了……

AREA 7 病毒寢室

獄警們整齊的腳步聲一直在整個空間呼嘭作響，分不出來自哪個方向，或是跟我們的距離有多接近。

「喂！」撲過幾次空門後，綺淇在打開其中一道門前拍拍我，「你無事嘛？」她離開大睡房之後不久，已經回復冷靜了。

「定係我哋幫你捉實佢一陣？」天韻指向客人，客人嚇得抖了一下。

見識過 Jenna 如何逃脫 Ethan 的計謀，我們利用在 G 層所收集到的物資，將客人雙手反綁，並封住眼睛和嘴巴，減低他與獄警們遇上後交流的風險。或許正是因為這樣，獄警們正苦無對策，遲遲不敢貿然現身。

我搖搖頭道：「入去先講啦，班獄警好似就嚟到。」

以客人擋在面前，我嘗試扭動門把……沒鎖。

房間裡面放了幾個貯存架，上面有乾糧和飲料。重點是最深處的牆壁上有一道窗簾！

精神旋即為之一振，我竄入房間後安排天韻把門鎖好及負責看管人質，而開窗的重任固然由我來主持！窗簾的位置較高，我抬頭舉高手拉開……

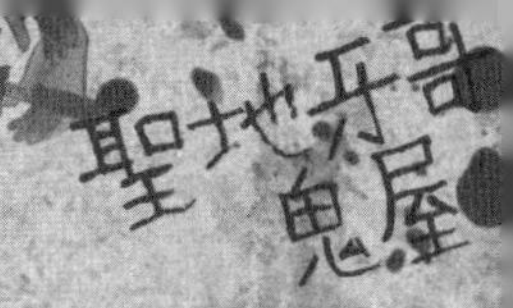

那是一扇氣窗！起初一片漆黑看不清楚窗外的風景，當眼睛習慣昏暗的光線後，外面滿天星星呈現於眼前！頭一次在星空底下會感動得想落淚！我們與自由只是一窗之隔！只要打開窗爬出去！

「我要出去呀！」綺淇踮起腳猛拍玻璃。

氣窗的窗框很窄，勉強只夠一個人穿過，這卻不是最糟的情況。更不幸的是，玻璃窗外還有一個該死的「冊」字形鐵欄！

我早預料到鬼屋的保安不會如此輕率，所以安排腦袋不靈光的天韻負責把關，而我和綺淇則設法弄破鐵窗逃走。

「周圍睇下有乜嘢幫到手啦！」綺淇提議。

綺淇和我鑽進食物貯物架翻找；天韻急得直跺腳，幸好客人已被我喝令半臥在地上，不然要個子小的天韻架住比她身型高大的客人，確實令人擔心。

半晌，我們沒找到任何物品可以利用，只好硬著頭皮用緩慢的方式弄破鐵窗。

我們將客人推到氣窗下方，要他半跪在地上，慘被當成墊腳石，讓較輕的綺淇踩上去。然後，綺淇用小刀快速地一下下鑿向

玻璃窗的一角，玻璃終於碎裂，卻引發警報聲大響！

「吓！點算呀！」天韻驚惶失措。

綺淇沉住氣道：「其實佢哋本身都知我哋喺度，無乜嘢要驚。」

我與綺淇的想法一致，只怪天韻平時少用腦才會慌慌張張。員工秘道未必裝有收音器，但閉路電視肯定少不了。

天韻好奇問：「咁外面有啲咩？呢度究竟係邊度嚟㗎？」

由於氣窗設在牆壁的頂端，以我和天韻的角度只能看到夜空。

「外面好似咩嘢都無，黑麻麻，我淨係見到一堆樹咋！」綺淇答：「其實我哋呢層好似未算係地面層，應該低過外面差唔多一層。呢度望出去係外面嘅地面……即係喺窗呢個水平望出去，其實係外面草地嘅地面，你哋明唔明呀？」換句話說，若果有人站在外面，氣窗位於其腳踝的位置，難以注意到這裡的陰暗情況吧。

外國很多地下室也類似這樣的設計，而且對鬼屋來說，採用這種設計很聰明，既能讓員工秘道這裡透入些許外面的新鮮空氣和自然光線，又能保護這裡的隱密。

「快手啦！我哋要趁佢哋殺到嚟之前走出去呀！」我催促呆掉的她們，「天韻你求其搵嘀嘢頂住門口先！」

我認為，他們暫且肯放任我們亂竄，全因我們還被困於鬼屋的範圍之內，只不過當我們找到出口，情況就不一樣了。權衡到鬼屋的秘密外洩所帶來的後果，儘管我們有人質在手，他們定必會強行把我們攔下。

雖然鐵欄有點生鏽的痕跡，不過單靠我們手上的小刀或剪刀，還是難以弄斷這些鐵枝。

「呀……」客人維持了背朝天、屈膝的姿勢好一陣子，開始扭動身體，想張開麻痺的手腳讓血液流通。

「哇！」站在他背上的綺淇差點摔下。

「嘖！」我和客人交換位置後，著天韻好好看管他，再道：「綺淇，點都要試下㗎喇！」

綺淇又用刀砍又拉扯鐵枝，欄柵依然紋風不動。

我在記憶中，努力搜索以往處理過的盜竊案裡，賊人所選中的目標住宅，其鐵窗均有些共通點：因鐵架陳年生鏽，加上牆上的混凝土老化損壞，使鐵架與水泥牆的接觸口變得脆弱，成為讓人有機可乘的一個破壞點。

所以，即使沒有大剪刀在手，還是有幾種方法弄破鐵窗！

「綺淇，你搵支生鏽得最嚴重嘅鐵枝，」我被她踩住背部，無法觀察鐵窗的狀況，只好靠言語指導她，「然後喺鐵枝嘅頭同尾大力鑿落去，如果道牆粉化得夠爛，好可能可以鑿佢出嚟！」

接著把其餘的鐵枝相繼弄出，我們便可以從窗框鑽出去了！又或者取出其中一支鐵枝後，用槓桿原理把其它鐵枝弄彎，弄出一個大洞，也是能讓我們成功逃出去的另一個方法！

*「叩、叩、叩！」*拍門聲剎那大聲作響，獄警們殺到來了！

「仆街！」我不禁咋舌。

他們大力猛撞鐵門，高聲喝令我們：「入面全部人都唔准郁，即刻趴低！我哋依家入嚟！邊個反抗就射死邊個！」

他們的警告很明確：由於我們的行為已經超出鬼屋的底線，無論我們手上有沒有人質，他們都不惜以武力去阻止我們。換句話說，他們情願失去一名貴賓，也不願讓我們逃離鬼屋！

這暗示我們面前這道鐵窗真的是出口之一！逃出有望！

只是豬隊友天韻仍舊未能意會這道理，站在門後的她踹了客人一腳嗆回去：「我哋有你哋嘅大客嗱度，唔想我傷害佢，你哋好即刻退後，唔好諗住衝入嚟！」

他們無視天韻的虛張聲勢，同時自外面傳來鑰匙轉動門鎖的聲音！

幸好先前叫天韻清空了一個置物架，然後把它拉到門後擋住。這刻才可以為我們爭取多一點點時間！

「喂你搞完未呀？」天韻抬高頭，帶點責備問綺淇。

「綺淇你搞成點呀？快啦！」我不耐煩地催促：「搞唔掂等我嚟啦！」

「就快得喇！畀少少時間我！」她應道。

我聽見小刀鑿向牆或鐵欄上的哐哐聲，只是看不見她的動作，不太確定她有否按我的指示去辦。

我把頭以辛苦的角度扭向右上方，即是從她的正下方往上看去，視線範圍只見她的下巴和挺起 T 恤的胸部，無法看見鐵窗到底怎麼樣。

「做咩搞咁耐呀？」我焦急罵道。

最後的最後，事情終於告一段落！

綺淇喜極大叫：「得咗！我將成個鐵欄推咗出去喇！」我不曉得她是如何辦到，總之她應該用自己的方法弄壞了鐵窗。霎時，我感到背上的壓力大大變輕，她正在爬出去！

成功了！自由了！

我索性轉身站起來，雙手環抱她的雙腳，一下子將她整個人抬起並推上去！因為她逃走之後，緊接輪到我爬出去！我喊道：「快啦！」

然而，在下一秒，我聽到背後傳來一聲巨響！回頭看，我整個人當場怔住呆掉！

不知從何時起，人質身上的所有綑綁已被鬆開，本應擋住門的置物架也被推開⋯⋯門嘭的一聲被撞開，站在門邊的⋯⋯居然是無動於衷的天韻！冷眼望著我們的天韻？

難道一直以來並不是我杞人憂天？不是多疑？我們當中竟然真的有內鬼？而且那個人是天韻？怎麼可能？

突然整個空間彷似變成無聲的世界，發生的一切事物轉為慢鏡頭播放。

來勢洶洶的獄警們舉槍闖進來，完全無視天韻直向我和綺淇殺過來！只是綺淇整個人早已穿過窗框，成功爬了出去！

我彷彿見到綺淇回望我時，面上流露出複雜的神情——那種因天韻出賣我們而感到錯愕，混合成功逃離地獄的興奮，以及……以及估計我趕不上逃出去，那幸災樂禍的表情！

「唔得呀！！！」眼見成功在望，我用盡畢生力量竭力一躍！雙手勾在窗框，順勢引體上升，我可以靠自己的力量爬上去！

這時，獄警們的腳步聲已經跑到正後方！

你聽說過嗎？

聖地牙哥鬼屋

San Di
Haunted

AREA 8
極樂晚餐

回到地獄

「救我呀！」我上半身已經爬到外面，摸到濕淋淋又柔軟的草地，呼吸到自由世界涼爽而清新的空氣！

目光所及盡是一片草地，背對我的綺淇，正火速跑向前方幾十米外的森林！

「綺淇！」我大叫：「救我呀！」

糟糕！仍在室內的雙腳被獄警們抓住，若然綺淇肯回頭過來拉我一把，定能逃出去，我吼叫：「綺──淇──！」如此不遠不近的距離，她必然聽到我力竭聲嘶的怒吼，但絕情的她竟然頭也不回無視我！

我拼命亂踢雙腳，雙手緊抓草皮，卻不敵幾名獄警合起來的猛力，最終我被一把拉回儲物室！

「送到嘴裡的肥肉被強搶走」都不足以形容我目前的感受！經已嚐到自由，只差那麼一點點便能脫離魔爪那種失望……不，由充滿希望的一瞬間，跌落絕望的泥沼，簡直難過得置人於死地！

「放！我！出！去！」

我被他們粗魯地扔到地上，十幾人對我盡情發洩般又踹又踢。既然來到這一步，已經沒有甚麼可以再輸，所以躺在地上的我奮力揮刀反抗，「仆你個街！」

只是一人難敵眾人。

我被人一拳揮向頭部，讓我頓時目眩，他們把我抬起塞在一張木椅上綁手綁腳，把黑布頭套蓋上我頭部，遮擋住我的視線。

遠方突然傳來綺淇驚慌大叫的聲音，她怎麼了？不是已經逃出去了嗎？

那是我最後一次聽到她的聲音。然後，我便失去意識。

……

不知道昏迷了多久，醒來時發現我坐在一張長餐桌前——那種常在歐美劇裡出現的場景：裝潢講究的古典歐式飯廳上，鋪了乾淨的白色桌布，放有蠟燭和閃閃發亮的餐具，大長桌上滿是美食。

鬼屋所謂的冒險和遊戲，換來長達幾小時的累人和折磨，但並沒有讓我感到肚子餓，反倒肉味令我有股想吐的衝動。

AREA 8 極樂晚餐

我獲救了嗎？還是在作夢？

環視一圈，在這個深紅色的天鵝絨絨面牆身，和燈光昏暗的飯廳裡，詭異地瀰漫著一股美食香氣混合霉味和汗臭味的怪味。

不大的空間裡，除了放有長餐桌連八人餐椅外，甚麼也沒有。只得一片死寂。

被綁在木椅上的我一絲不掛，與 Tejal、阿忠和 James 死前一樣，同樣是赤裸裸的。

「你醒嚕？」不消一會兒，熟悉的聲音自背後響起。

多少個早上接到溫暖的 Morning Call 叫我起床；經過寵物店總是駐足觀看發出「好可愛呀！」那種少女特有的嬌滴滴動人聲線……我的天韻說：「放鬆啲，唔好咁緊張啦。」

我扭頭看去後方，依舊穿著染血背心和短褲的她，手腳自由地、一臉得意地背靠牆站立，身旁跟著幾個面具男，看來他們一直在等我清醒過來。

這到底是甚麼一回事？

「你係內奸！你係鬼屋嘅人！」我憤怒地指控。

天韻被逗樂似的笑了笑，扭動著充滿女人曲線的身體，悠然繞過長桌來到我的對面，幾名面具男緊隨著她，像是……她的助手，而她……彷彿要代替兔子男要主持這個關卡！

不用說這下輪到我被懲罰！而主持人……竟然是她？！

「鬼屋肯接受我，其實我都有少少意外。」她嘻嘻兩聲，露出以往送她名牌手袋時，總會表現出的喜悅表情說：「無錯呀，依家呢關係用嚟罰你呢隻曳曳豬，同時亦係鬼屋畀我嘅試驗……『入職面試』先啱，哈哈。」

甚麼鬼入職面試啊？為甚麼她的態度變得跟兔子男一樣討人厭？

「你講乜撚嘢呀？快啲解開我啦！唔好玩啦！」我仍然拒絕相信這一切。

「我認真㗎，唔係玩你㗎喎。」可愛漂亮的她，與恐怖陰森的鬼屋毫不搭調。

「點可能呀？你同我一齊咁耐，原來一直都係呃緊我？你究竟係咩人？」我驚訝問：「綺淇都係鬼屋嘅人？」

「佢唔係。」她微笑搖搖頭回道，又問：「你真係完全唔知咩事？」

「乜嘢呀？即係點呀？佢呢？」我瞪眼，「佢真係走得甩？」

她聳聳肩，不置可否，索性拉開椅子坐在我對面，儼如要跟我共進晚餐般，難免讓我回想起，多少個晚上我帶她到高級西餐廳吃昂貴的燭光晚餐。

我搖搖頭。看來綺淇真的不是鬼屋的人，要是他們成功捉回她，照例應該會把我們兩個關在一起，繼續整個旅程。所以說，綺淇是唯一一個成功逃出的人！

當然這只是我的推斷，鬼屋一如既往不肯多說。

「到咗依家呢個地步，你關心嘅人竟然係佢，而唔係我，我真係好傷心呀……」她憂憂地垂下眼眸，下一瞬間卻馬上回復歡欣的語氣，「不過唔緊要，我已經唔再需要你喇。」

「究竟成件事係點？」我不明白地問：「點解你要捉我嚟呢度？」

「同你一齊真係好悶，唔係，應該話我嘅人生一直都好普通，太普通。」她向我湊近柔柔道：「平時斬死啲貓貓狗狗已經滿足唔到我，我想要改變，要蛻變！」

「咩話？咩殺死貓狗……」我唐突失聲大叫：「你講你屋企死咗嗰幾隻狗？」不會吧？以前她告訴我，牠們是病死的！

她只是揚揚嘴角，沒正面回答。

「有一次，我無意間睇到關於 McKamey Manor 嘅都市傳聞，」進鬼屋後，我發覺她對這類古怪離奇的事物很有研究，她續說：「搵下搵下，俾我撞咗入一個神秘網站，係由失蹤者嘅家屬整嘅。咁我就扮成有屋企人失咗蹤，同佢哋傾下，大家講緊呢間鬼屋好可疑，亦有人爆料話呢度有非法禁錮同虐待之類嘅事……佢哋好似策劃緊要攻陷呢度嗓，真係天真。」

我與她相處了一年半，原來她一直在我背後默默做這些事，我竟然懵然不知！

「不過呢啲唔重要。」她冷笑一下，「總之我 Send 條鬼屋 Promo 片畀你睇，就係想你帶我一齊嚟玩……」

「你戇鳩㗎？」我不禁以髒話打斷道：「明知呢度咁危險仲嚟呢度做乜……」

說到這裡我頓時停下，我好像開始明白她想說甚麼。她想「蛻變」、想改變現有生活，所以才來鬼屋。言下之意，她有被虐待的癖好。

AREA 8 極樂晚餐

我試探問：「你想嚟自殺？同我一齊俾鬼屋虐殺死？」

此話卻令她前俯後仰地爆笑，「估唔到你真係蠢到咁樣。」

被一個笨得有如白痴的人罵蠢，實在讓人很不甘、很憤怒！我緊握拳頭掙扎，想鬆開綁帶的枷鎖，衝去掐她粉嫩的脖子！

「唔好咁激動啦，放鬆少少。」她安撫說：「我嚟呢度只有一個目標，喺達到呢個目標之前，我需要有個人喺身邊保護我，你好幸運俾我揀中。只可惜你呢個狗公，見到第二個女仔，你就春理去，仲要冷落我！」

我不禁愣住。此番話換作是正常情況，我會以為她在撒嬌。可是眼前她的臉，生氣得扭成一團，猙獰得很可怕！我從未見過這一面的她！

「你……你想過晒所有關卡成為遊戲贏家……？」既然不是自殺，我再次猜她口中的目標是甚麼。

「唔係呀！我要加入鬼屋，成為呢度嘅員工！」她堅定地說：「嚟呢度之前，我 Email 咗好多我嘅傑作同建議畀鬼屋……佢哋一路都無理過我，直到……佢哋俾我嘅誠意打動到！」

她所謂的傑作，該不會是指她有暗中做某些變態事情吧？

她臉上洋溢幸福的表情，說：「佢哋邀請我嚟呢度 Interview！等我可以用行動嚟證明自己！」她一開始說的「入職面試」，便是她要來鬼屋的目的？

「屌！原來你真係黐撚咗！」我不敢相信，「喺香港開開心心咪好囉，做乜要嚟呢度受苦？」

「你唔明，你真係唔會明。」她幽幽說：「如果可以永遠留喺呢度，可以唔使返香港嘅話，我做咩都得！」

她剛剛說入來鬼屋後，要用行動證明自己，難不成……

我喝問：「你傻撚咗呀？你諗住用玩遊戲嗰陣嘅表現，等佢哋收留你？」

可是，整個旅程上她都是膽膽怯怯的，完全沒有表現過自己變態瘋狂的一面啊！更何況，她真的有這一面嗎？

「你根本唔明，你嗰啲低級嘅癖好算得上係乜嘢？你梗係唔明。」她搖頭，「好似我哋呢類人，一睇對方舉手投足就知對方係唔係同路人。你明唔明我講緊乜？」

「你不嬲都知我見到人哋辛苦個樣就會興奮？但係我從來無對你做過啲咩㗎！」我不禁失聲問。

這一年幾的相處下來，我和她沒做過越軌的行為，在純情的她面前，更一直表現得風度翩翩，她根本沒可能察覺到我的另類癖好啊！

她帶點鄙視，甚至不回答我的質問，「呢個唔係重點，重點係鬼屋唔使好耐就留意到我係個人才，多得我好幾次引你哋走入危險——」

我絞盡腦汁，努力地回想……難道天韻之前在蛆蟲人區走失，「蛇吞人」時促使我要做手術的回答，甚至觸發指令害我們提早進入血色迷宮，以及令我懷疑綺淇是內鬼等等，一切都是她悉心安排？

不會吧！她才沒有如此聰明，這麼懂得攻心計啊！她不可能有這個能耐！

她抬抬下巴補充道：「而且我好有信心佢哋需要我。」

「黐撚線㗎你！呢度淨係收犯人同有錢佬，邊輪到你呀？」

「話晒我都入咗失蹤者家屬個 Group 度，我知有咩人想搞呢度，可以爆畀鬼屋知。而你，Zach，就係關鍵嘅一環。」

「關我撚事！」我厲聲叫：「放我走呀！」

「佢哋要我用最核突嘅手法去折磨你。如果表現良好，我就

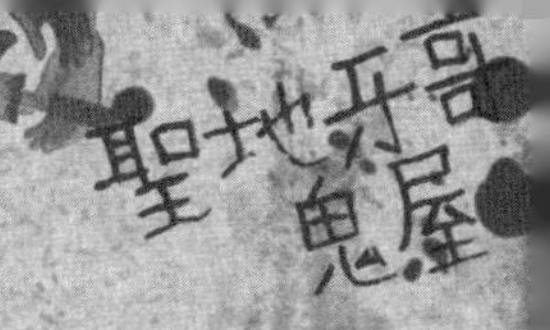

順利獲選喇！」她像極收到理想工作的取錄通知那般興奮。

所以進入鬼屋後，她多次成功引我們墮入陷阱，表現良好，鬼屋才恩准一個「入職面試」給她，合格準則便是折磨的手法要夠嘔心，而被折磨的人……居然是我？

這麼說來，打從進入鬼屋後，她處心積慮一直想虐殺我！不不不，早在她決定要來 MKM 時，便打算將我帶在身邊先是保護她，最後更要殺死我！

這個無情的女人，真是把我利用得徹徹底底了……

形同陌路

突然她話鋒一轉，用溫柔關心的語氣問我：「入咗嚟咁耐，我估你都好攰好餓㗎喇，不如我哋食少少嘢先？」

不用說肯定是個「大伏」！

這裡的場景佈置成飯廳一樣，雖然滿桌皆是正常食物，但念及這關是對我劫持客人的懲罰，更是天韻「自我表現」的一關，首先可以肯定的，是天韻絕不會讓我享受美食！

兔子男把上次的懲罰說成是「獎勵」，沒錯，與病毒豬親密

接觸是極大恥辱，而且相當噁心，不過不用即時死亡，於他們的立場來說，算是獎勵也不為過。那麼這次呢？

必死無疑！

啊！不對！我還有救星！

我露出勝利的表情說：「你好似唔記得咗一件事，嘿。」

「你唔係想講出面會有人救你呀嘛？」天韻淡淡然問，說中我正想說的話。

「係！」我只好硬著頭皮說：「James 講過佢班同事同埋一個當差嘅朋友會暗暗候命，一夠鐘就會衝入嚟救人！James 係死咗，但係仲有我呢個生還者去指證鬼屋！指證你！哈哈！」我特別在「指證你」三字加重語氣，這下該輪到她驚訝吧？

「點解你哋呢啲平凡人，總係覺得呢個世界充滿希望㗎呢？」她不但沒被嚇唬，反倒面帶慍色說：「教育、電視、電影真係將你哋一個二個洗腦洗到傻 Q 晒！」

「乜撚嘢呀又……」我被弄迷糊了。

「根本我哋人類已經癲到無藥可救，成個世界已經滅亡緊，所有人都要死！你無希望㗎喇！」

「點解你講到好似嗰啲末日邪教咁？究竟呢度係咪邪教組織嘅基地？」

她不耐煩地「嘖」了一聲說：「呢度嘅背景兔子男已經解釋過一次，你唔係蠢到要我再講多次先明呀嘛？」

「但係……James 班同事唔係嚟緊咩？」該怎麼形容我的感受，為甚麼跟她對話時，顯得遲鈍的人反而是我？明明一向我的腦袋比她的更靈光！

「曾經有個叫 Octivia 嘅女人嚟過，我唔知佢係 James 定係 Ethan 嘅咩人啦，」她冷冷道：「佢喺 Reception 度又求又跪，話要入嚟搵人，鬼屋同事叫佢報咗警先嚟。個八婆話警察因為事主失蹤時間未夠廿四個鐘所以唔受理。哈哈，聽講佢嗰陣好似想食咗道門咁衝入嚟喎。」

恍然大悟！我明白了！

今早在大堂等待進入鬼屋時，我注意到入口的木門上有一道道指痕，原來正因為如此！那些指痕並不是鬼屋故弄玄虛的裝飾，而是一個個死心不息，卻又心急如焚的家屬到來尋親的證據。歷年來，想必不少人如 Octivia 一樣，為了尋人而找上門，即使在外面哭哭啼啼、抓破門扉，也無辦法進來一探究竟！

「就算James嘅人搞唔掂，仲有一個人可以整撚死晒你哋！」

「你想講綺淇呀？」

我愕一愕，又被她說中，我開始體會到她以前的愚蠢是裝出來的！

我說：「你唔肯講吖嘛，我一睇就知佢走甩咗啦！佢未必會返轉頭救我，相信聰明嘅佢亦唔會去警局報警，俾你哋班同事捉返返嚟。唔好唔記得，你哋殺咗佢細佬，佢一定會報仇！我好有信心你哋死撚梗！」

不像Jenna只會一面倒地吹噓鬼屋的勢力，天韻毫不在意地聳聳肩，「或者啦，第時嘅嘢邊個知？依家最緊要係餵飽你先。」說罷她湊近我，嘴角不自控地抽動，微微上揚，堆成一個妖魅的笑容。眼神流露著從未見過的陰森寒氣！加上房間空調開得很大，沒穿衣服的我冷得哆嗦起來。

她再也不是我熟悉的天韻……究竟……她是甚麼人？

我搖搖頭，極力拒絕，「唔撚食呀！你又唔係唔知我係邊個！你得罪香港警察！我班同事會查出嚟！你死撚硬！」

她哈哈大笑，態度輕浮得比兔子男更令人咬牙切齒，她說：「你唔係覺得嗰啲垃圾外交官會為咗你，夠膽搞到嚟美國呢度呀

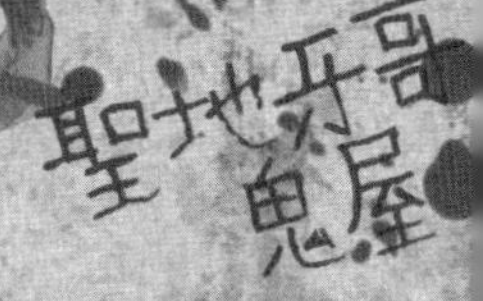

嘛？」

「咁你不如直接殺撚咗我啦！」

事到如今，失去所有隊友，身上沒有一件稱得上武器的物品……不，連內褲都沒有，絕望的我但求一死解脫！

「無辦法，為咗加入鬼屋，我會照做我想做嘅嘢。」她憂傷地皺起漂亮的眉毛說：「最多你乖乖地聽話嘅話，等陣間我會輕手啲，當係畀面我哋之間嘅交情啦。」

此時此刻，我有個問不出口的問題……到底……到底這一年多，她有沒有一刻是真心喜歡過我？不然，怎麼捨得為了加入鬼屋而犧牲我？

「你話你無同人搞過、係處女，都係呃我？」問出口卻變成這樣。

這問題無疑激怒了她。她收起笑臉，雙手大力拍了一下餐桌，桌上水杯因晃動而灑出一點點水。

「攞入嚟！」她向其中一個面具男大叫：「塞佢食晒為止！」

「乜嘢嚟㗎？我唔食呀！」我拉扯綁帶，這才注意到手臂上的蜈蚣傷口不再痛了，看來他們又替我注射止痛劑……

後來我才明白他們這樣做並不是為我好，而是恰恰相反。

可惜蜈蚣已經死去，否則至少還有件勉強稱得上是武器的東西可以對付他們。

飯廳唯一的門打開了，面具男將一輛不鏽鋼傳菜車推進來。上面有一道被蓋上圓形鐵蓋的菜，看不見裡面是甚麼。該不會有甚麼從裡面爬出來把我吃掉吧？像是毒蠍子、蜘蛛之類……

「因為你個底太花喇，我哋唔會再畀你雙手自由，唯有等170984餵你食啦。」天韻歡喜地笑了笑。

她向面具男點點頭，後者把蓋子慢慢打開……

「哇屌！！！」

惡臭料理

我恨不得用手掩鼻，罵道：「好撚臭呀！」

傳菜車上，是一個白色大瓷碗，裡面裝有一坨又紅又瘀黑色的不知名東西，一陣比鹹魚腐乳味更惡臭的刺鼻氣味，瞬間充斥

整個飯廳。幾個月前警局天花板上，有一隻死老鼠傳出過類似的氣味——屍臭味。

面具男默默把嘔心臭碗捧到桌上，放在我的面前，用湯匙插進去攪拌，加快氣味揮發，更卑劣地撈起一些不知名東西，再拉高湯匙，好讓那坨噁心的東西慢慢掉落回碗裡。

濃濃的臭味直接攻入鼻孔，作吐感讓我的胃不禁抽搐一下，反胃地「*噁*」了一聲。

完全不知這坨是甚麼爛東西，質地驟眼看似是湯卻又濃稠得更像是早餐吃的麥片……不管是甚麼，我絕不要把屍臭味的怪液體放進口裡！

天韻站起來，一把推開桌上其他食物和餐具，不顧東西嚦哩啪啦掉落地上，唐突地爬到桌上，坐到我面前，露出滿意興奮的詭異笑容俯視我說：「你個樣話畀我知，你好好奇裡面嘅嘢係咩嚟。」

「得！唔好講！」我突然改變心意，「係咪食晒呢碗嘢，你真係肯輕手啲殺死我？」

情願無知，起碼可以吞得快一點，以換來死得痛快。這對我來說，說不定是最好的結局。

AREA 8 極樂晚餐

她盤起雙腿，雙手托住下巴沉思。她背心的領子鬆垮垮，若隱若現地露出那曾經性感誘人的乳溝。

她湊過來，雙眼炯炯有神地說：「求我吖。如果你好有誠意咁求我，我就應承你。」

「你真係黐撚晒線！」我嚇得往椅背靠後，以拉遠我們之間距離，「你依家咁做有咩意思？佢哋根本聽唔明我哋講緊乜！」

我們此刻對話的語言是廣東話。

「你幾時變到咁蠢㗎？」她吃驚道：「搵得其他國家嘅人嚟，你覺得佢哋唔會事先準備好㗎咩？」意思是有聘請翻譯員之類吧？

沒辦法……「天韻，當我求下你，等陣輕手啲，求下你……」

「OK，」她爽快答應：「輕手啲，我會。咁依家等我話你知呢兜嘢係咩嚟……」

我急忙搶著對面具男說：「你！快啲餵我食！」千萬別告訴我！我不想聽！

他望望天韻，天韻示意他可以動手，面具男一手掐我下顎令我張大嘴巴，一手用湯匙把那坨臭東西送入我口中。

「嘔！」第一口由於沒有心理準備，我忍不住吐了出來。

到底是甚麼鬼東西？質感有點像是啫喱狀軟軟滑滑的濃稠黏液，混合顆粒狀的軟塊……但絕對不是甜品！是該死的極度腥臭！帶有微酸像是過期變壞的食物！還有濃濃的腐臭味！

該不會是……怎麼可能！？

「係呀，你估啱咗。」天韻彷彿懂得讀心術似的答道：「你食緊 Tejal 同 James 佢哋呀。」

「屌！嘔……」

她一語讓我再也按捺不住，把胃裡僅餘的東西連胃液一併嘔出來！一下子吐到下半身和滿地皆是！

我罵道：「仆街你好撚核突呀！」

我喘著氣，噁心的臭味和質感還殘留口腔，「你將佢哋嘅屍體爛肉絞埋一碟塞我食？」

她得意忘形地說：「其實成條 Team 嘅精華喺晒度。你做手術嗰陣流嘅血、畀人碎屍嘅 Asha、我哋喺休息室嘅排泄物……」

我打斷道：「咩話？我哋啲屎屎尿尿？」

她殘酷地點頭，「鬼屋無話我知會玩咩遊戲，不過我事前有提議，假如有機會，不妨儲起啲血肉留嚟用。估唔到佢哋真係有做到！」

「仆你個街，依家講緊嘅係人嘅死屍肉！講緊屎尿！點解你可以當乜撚嘢事都無㗎！」我徹底地被她打敗，「你幾時變到咁撚樣㗎？」

「嚴格嚟講唔止人屍，」她平淡說：「仲有 Joanna。」

「噁！」我嚇得全身汗毛直豎起來，「嗰隻病毒豬？你要我食生豬肉，仲要係有病嘅？」

「有咩問題？你都就死啦。」她無奈側頭道：「況且你連佢咁樣都搞得落。」

「黐撚線！你知唔知自己講緊乜撚嘢呀？」我的頭痛開始復發。

「唔怕講埋畀你知，你以為嗰隻係豬乸，其實佢係豬公嚟㗎。」她露出惡作劇的笑臉。

「吓！！！」我感到腦袋好像被人用針不斷刺一樣，劇痛非常！

不可能的！兔子男明明說是Joanna……啊！他故意用女生的名字，卻由頭到尾都沒說過牠是雄是雌，肯定是有心瞞騙我！雖然病毒豬本身已經夠嘔心，可是如果知道牠跟我是同性的話，我更不可能狠下心跟牠……

「廢話少講，繼續食埋佢啦好嘛？」天韻說罷，面具男再次動作。

「唔食呀！！！」我別過臉，「點食得落呀！」

「選擇權喺你度，你可以唔食㗎。不過下一個環節唔止食嘢咁簡單，到時你可能會後悔點解依家唔忍一忍唏。」她竟然苦口婆心起來。

我再次打量碗裡那坨物體，膚色軟膏狀的脂肪混和深紅色的肉塊，再淋上血液，混雜黑色的糞便或病毒豬身上的痂，連同被炸熟的Tejal被絞成肉醬混為一坨，更不要說James那夾帶內臟的暗紅色肉醬。然而當中有些沒有被充分絞碎，所以剛剛有咬到部分顆粒狀的肉塊。

相信鬼屋沒有將肉醬好好冷藏，爛肉經過時間的流逝，已經開始腐化，加上糞尿和病毒豬肉上有大量細菌，令肉醬漸漸發黑，並傳出濃烈的腐臭味。

不行，再這樣下去我又會再吐一次。

然而如她說的，下一個環節會比現在更難受，我希望可以減輕等一下所受的痛楚……

「食！我食！」強壓下震抖的聲線，我極力表現鎮定地說：「求下你幫我一次過倒晒落口，我唔想慢慢吞……」至少味蕾受虐的時間縮短會讓我好過一點……

天韻見到如此狼狽的我似乎心滿意足，她咯咯大笑起來。

「好啦好啦，我都唔會對你咁衰嘅。」她向另一個面具男示意，讓他過來用雙手強行把我的嘴巴朝天打開，而先前那個面具男則一手搯緊我鼻孔，一手把白瓷碗舉高，並對準我的嘴巴一下子倒進來！

好腥！！！

肉醬一坨坨掉到嘴巴裡的感受極度折磨，粗糙而又濃稠的肉醬*「噠噠」*地落入口裡，牙齒因被強行撐開無法咀嚼，我只能硬把極臭的肉醬吞進喉嚨。

當那軟綿腐壞、並未完全絞爛混合、較大塊的肉塊滑過舌頭，我更要費勁地一下吞落，根本沒心情慢慢咀嚼。

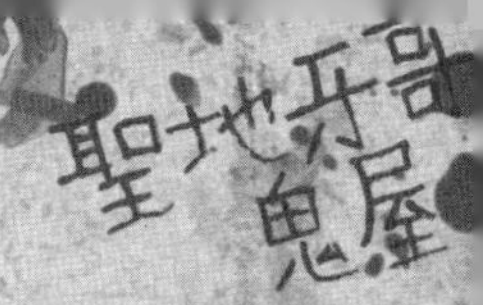

吞嚥的速度遠不及肉醬的傾倒，它們甚至溢出嘴巴，自下巴流經我全身！

不過那是小問題，最難受的還是味覺！吃過三文魚刺身的人，或許較能明白我此際的感受，那三文魚當然不是鮮甜肥美的那種，而是放了一段日子、生蟲腐爛的那種噁心生肉。軟爛而黏答答的質感，比日本納豆惡臭百倍，現在我整個口腔都是這種感覺！

灌入口裡的肉醬沒完沒了，我不停被逼咕嚕咕嚕地吞下，惹來天韻和疑似在房外的人刺耳的笑聲。

直到痛苦快完結時，我身體突然劇烈地震抖起來！我的眼前發黑，劇烈的頭痛使我的意識開始模糊起來。

「佢癲癇發作呀！」聽到天韻緊張叫道：「停手！急救員入嚟！」原來她還有良心……

「下個環節未開始！佢唔可以死㗎！」我徹底地死心了……

看來我已經快不行了……不如就這樣讓我死掉吧……

準備妥當

「呀！」猛然冷醒，我一時間摸不清楚自己到底身在何處。

AREA 8 極樂晚餐

幽暗的環境，深紅的牆壁……啊！我仍然被困於令人極度不安的飯廳裡。

依舊美麗動人的天韻，此刻靜靜地坐回我的對面，雙眼散發著以往所沒有的冷漠目光，打量著我。

本來一絲不掛的我身上現在多了一張毛毯，因被人潑了冷水而變得濕答答，面具男見我已醒過來，便索性把毛毯取走，頓時讓我的體溫大降。

「你知唔知你瞓咗好耐喇？」天韻的雙手交叉放在胸前，嘟著嘴抱怨道。

我分不出她是真心擔憂我的身體狀況，還是因為我而要讓鬼屋久等，她擔心鬼屋會對她的「面試表現」扣分。說我自欺欺人也好，我相信她的內心仍對我尚存一絲留戀。

我的右手被插上點滴，看來是他們剛才趁我昏倒時弄的，好為我補充失去的水分。

面具男突然從旁邊遞了一杯黃色液體給我，將飲管塞進我的口中。

「行擹開呀！」我別過臉避開。

經過逼不得已地吞吃非常腥臭的混合人肉醬後，我再也不敢碰天韻安排的任何飲食。現在口腔裡還是有一陣惡臭的腐屍味。

「飲啦，呢杯係類似運動飲品咁，補充下水分同電解質呀嘛啲，你依家有少少虛弱。」天韻語帶關切地說。

下一句話卻令我很心寒，她帶點威脅地說：「要乖乖地呀，你明㗎啦。」意思是要我完全服從鬼屋的指示，畢竟這關是遊戲也好，懲罰也好，乖乖順著鬼屋的意總讓自己好過一些。

我只好喝下那黃色液體，味道像是汽水帶點藥水味，確實不是甚麼奇怪東西。天韻費盡心思出動到又毛毯又運動飲品的，勢必要我恢復精神和體力，接下來到底想對我做甚麼？

「既然飲晒，咁我哋就開始最後一個環節喇，好無？」天韻此番話根本不是在詢問我，而是以命令的語氣，宣告今天的鬼屋旅程已經來到尾聲。

她吩咐站在飯廳門口的面具男，「可以請佢哋入嚟喇。」

飯廳門被打開的同時，天韻背後一面紅色絨面牆忽然無聲升起，原來是一面活動牆。她回頭瞥一眼，確定牆正上升後，繼續觀察我，說明她早已知道牆後是甚麼。

AREA 8 極樂晚餐

那是一間燈火通明的純白房間，不再如之前的休息室空蕩蕩，要說的話，應該是一個廚房。我看見裡面有雪櫃、廚櫃、微波爐、焗爐、洗手台和料理台等。

「今次又想煮咩嘢塞我食呀……」我打從心底懼怕起來。

腳步聲自門口響起，幾個戴面具的人陸續步入。憑他們的打扮看得出，來者共有四男兩女，跟鬼屋的獄卒面具人不一樣，他們不是穿黑 T 恤牛仔褲，而是一身去高級餐廳的打扮——高貴華麗的晚禮服或西裝，優雅地進入飯廳。

眾人無聲地坐到餐桌旁，紛紛透過面具上眼睛的洞口對我，投以有點像去動物園觀賞猴子的好奇目光。我已經顧不得自己正全身赤裸地被他們看光光，因為我滿腦子在猜測著天韻又想玩甚麼。

這到底是甚麼一回事？

不用說他們當然是鬼屋的貴賓啦，與我共席的話，意思是要跟我一起吃噁心的東西嗎？他們戴的面具是半罩式、露出嘴巴那種，還真是體貼地方便他們好好進食呢。

「歡迎大家嚟到鬼屋嘅餐廳。我叫天韻，呢位係我男朋友 Zach。」天韻站起來環視眾人，有禮地微笑道。

「為咗保密大家嘅身份，不如等陣我哋用對方戴嘅動物面具互相稱呼吖？如果唔想出聲都無所謂，呢度好自由，大家覺得舒服享受就得喇。」

「邊撚個咁撚巴閉！」我吐槽。

天韻瞪了我一眼，續說：「我知道你哋當中有人係第一次嚟，不過放心，大家只係嚟輕輕鬆鬆食餐飯，我會引導大家嘅。」

還有甚麼可以比混合人肉醬更噁心？他們的口味也未免太病態了吧？

天韻繞過眾人，從餐桌上挑了一隻白色瓷碟放到我面前，再度向看門人打個眼色。

半晌，一切都準備妥當。先是有人從門外推了一台電視大屏幕進來，調整成所有人都看到的角度。另一個手拿攝影機的黑T恤面具人來到房裡，當他打開攝影機，所拍的畫面顯示到大屏幕上。所以是自拍吃飯過程？搞甚麼鬼啊？

他們接下來的動作，使我開始明白他們想幹甚麼……

攝影師把鏡頭對準我，屏幕上顯示我那狼狽徬徨的臉。才沒照鏡大半天，我差點認不出自己！滿臉汗水和乾涸的血漬、黑眼圈深得像是連續幾日沒睡、凹陷的臉頰……本來健碩的身體彷彿瘦了一圈，我從未見過如此憔悴的自己。

然後，面具人向天韻呈上幾把不同大小的……刀！該死！要來的終於來了！

天韻挑了一把……剃刀？

「唔好掂我呀！」我扭動身體，可是無論我多費力，綁帶仍然殘忍地緊勒著我。

她柔聲道：「唔使驚唔使驚，你放鬆啲啦，我會令你好舒服㗎！」

幾名面具人將我的椅子往後移一移，騰出一些空間，好讓天韻可以站在我正前方。我的大腿被張開固定著，她拿著剃刀的手緩慢地移到我的胯下，將附近的體毛全部除掉。

極不好的預感令我的身體不禁猛然發抖！

放下剃刀，天韻從面具人一同捧來的水盤裡，撈起一條乾淨的抹布擰乾，小心翼翼地摺好，然後……

「你做乜嘢呀？」彷彿要幫我洗澡似的，她用暖暖的抹布擦拭我的全身。

屏幕播出一臉莫名其妙、面露驚慌神色的我，天韻只是意味深長地微笑著，沉默地繼續替我抹身，她冰冷的手指觸及我的皮膚，有種癢癢的感覺。

期間面具人換了幾盆水，擦掉我身上的肉醬和汗水後，天韻滿意地把手浸入暖水，慢條斯理地把抹布再次拿出，向我的胯下伸來。抹布蓋在我大腿之間，是有點唐突，不過被暖暖的溫度和柔軟的布包裹著，竟然意外地舒服。

「做咩啫你？」我忍不住問。

她魅惑地笑笑，把抹布放回水盆裡，直接用手觸碰我的下半身！她到底想怎樣？

我錯愕地罵她道：「殺就殺啦！做乜搞咁撚多嘢？」

她幽幽地抬頭，用那雙嫵媚的大眼直視我問：「喺你死之前，等你爽下好唔好？」

比死更難受

她沒等我回答，在我兩腿之間蹲下來，指尖逕自放到我的大腿內側，再慢慢游走到重要部位不斷刺激它！

「唔使搞喇，依家咁嘅情況我邊有心情呀！」儘管與病毒豬親密接觸時被人盯看，此刻在陌生人面前被天韻這樣觸摸，我還是會感到尷尬。

怎料，她突然站起來傾身湊近我，近得上半身些微壓在我身上。沒理會我的反抗，她繼續向我的耳際吹氣，並以靈巧的舌尖來回在我的耳朵和脖子打轉，讓本身正在發冷的我瞬間感到溫熱起來。

她靈活的雙手對我若即若離地輕撫，對我的下半身反覆地作出挑逗，不斷刺激我的敏感帶。

我們在一起這麼久，都不曾如此親密過，她總是害羞地表示要到結婚後才可以。既然沒經驗，為甚麼她雙手的技巧可以如此熟練？

「放、放手呀……」我無奈地拒絕，語氣卻不夠決絕。

正在我扭頭打算一口咬痛她的耳朵，在座幾個客人突然爆笑起來！

我隨大家的目光看去螢光幕，鏡頭的大特寫是我那不爭氣、稍稍有反應的下半身！

我怒瞪旁邊拿攝影機的面具人，他卻故意把鏡頭拉得更近。

在我意識到之前，天韻已經霍然一個抽身，一手拿起我漲紅的那話兒，另一隻手用小刀狠狠地切下來！

「呀！！！」我的身體痛得激烈扭動起來。

整件事發生得太快，我根本來不及躲避，即使想退縮也沒有辦法！瞬間，我的五官感官以至全身的感覺都變得麻痺，唯獨下半身傳來一陣又一陣的驚人劇痛！

「好撚痛！！！」我力竭聲嘶地咆哮，耳朵卻聽不見任何聲音。

我無意間瞥向客人，他們猙獰邪惡的笑臉提醒我他們不是正常人，絕對不會出手救我，相反，他們邊吃著不曉得在何時送上來的沙律，邊觀看我和螢光幕。太瘋狂了！

天韻以之前上我家裡作客時，煮晚餐一樣的從容態度握刀，可是她正處理的，是我的身體，而不是那該死的食材！

剛剛她用心挑逗，難道就是為了讓我的那話兒充血，割下時使我流更多血，以及增加我所承受的痛楚？

AREA 8 極樂晚餐

我耳邊猛然響起嘈吵的嗡嗡聲，想要鑽入腦袋似的，我覺得我差點要痛昏了。面具人他們事前一定有替我打針，不然我早已失去知覺。

不夠鋒利的小刀似乎無法一下斬斷，天韻居然來回拉鋸刀刃！

「呀！！！」我竭力大叫，雙手痛得用力握拳，指甲陷入掌心但此刻我不覺得痛，雙腳腳趾亦緊捏著。

正當我咬緊牙關、強忍疼痛時，眼前駭人震撼的畫面，讓我整個腦袋當機似的停頓運作！

我看見屏幕上的天韻，狠狠地用力壓下小刀，而我可憐的那話兒……被切斷了！

我的眼淚不斷狂飆，張開的口忘了閉起來……我已經無法集中精神去思考和處理眼前發生的事……我沒有大叫，甚至沒有任何反應……只能眼睜睜看著天韻小心翼翼地，把從我身上切出來的東西放在白色瓷盤上……

啊，原來天韻一開始把白色瓷碟放到我面前，是為了這個時候而準備的……想著想著，我感到目眩，並昏昏欲睡起來……

「啪」的一聲，我好像被人摑了一下耳光。

刺眼的光線讓人眼前一白，原來是急救員之類的人，用迷你手電筒直照我的雙眼。他簡單地向天韻扔了句「OK」後，靜靜地離開。而我仍然被困於這該死的飯廳裡！下半身的傷口仍然淒慘地滲著血！

這時五官的感覺逐漸恢復，我聽到的第一句話竟然是天韻幽幽道：「放心，你暈咗好短時間，無 Miss 到任何嘢。而且啱啱幫你輸咗少少血同加重咗麻醉藥，等陣你唔會再痛到暈喇，放鬆少少啦。」

「咩話？『等陣』？」我失聲問：「仲未完？」

不曉得客人能不能聽懂廣東話，但他們見我面青唇白和一臉驚愕的表情，立即高興得哄堂大笑。

天韻仍然握住同一把小刀，再次伸向我的下半身！

「停、停手呀！」可是我怎麼求饒也是徒勞。

儘管她已經把我最重要的東西割走，仍能在傷口附近，找到未被摧殘的地方下刀！

「哇呀！！！」她剛才說已替我下麻醉藥，實屬不假，此刻

我的整個下半身已經完全失去知覺，比起人蟲合一時的隱隱作痛，現在直情是毫無感覺！連被東西碰到那種感覺都沒有。

可是這並沒有讓我好過一點！眼見自己的胯下正一步一步被摧毀，作為男人的我即使知道自己死期將至，也不可能無動於衷！

她居然冷冷道：「其實我已經輕手咗㗎喇。」她的雙手快速動作，繼續摧毀我雙腿之間苟延殘喘的囊狀物。

「仆街！！！」我扯破嗓子地咆吼。

「你睇，你粒嘢呀。」她天真地笑了笑。

「呀！！！」我失聲高叫：「殺咗我啦！！！」甚麼情況才能被稱為比死更難受？這一刻嗎？

我再也無法自控地痛哭起來。

她沾沾自喜地把它放在瓷碟上，像是完成一宗大手術似的以手背擦掉額頭的汗。面具人收到天韻的指示後，連忙為我輸血和打點滴。

只不過，一切都沒有所謂了……我早已萬念俱灰，既然一切已經結束，殺了我吧……

面具人默默拿走盛載著「鮮肉」的瓷碟，天韻轉身面向客人

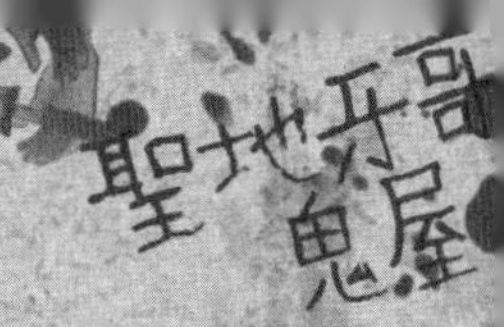

們宣佈：「第一道菜好快就有得食㗎喇！」

甚！麼！瘋！話！

「你要煮嚟食？」我驚訝得上氣不接下氣，開始感到呼吸困難，「食？！」是我的錯覺嗎？為甚麼飯廳會不夠氧氣？我連忙喘幾口氣。

果不其然，面具人走進前方的廚房，攝影師把他所有舉動一一以近鏡拍下，其實才相隔幾步，坐在飯廳這裡也可以清楚見到他的動作。

當客人見到那些「鮮肉」，被放在塗滿牛油的平底鍋上，竟然開心得拍掌歡呼！

我終於忍不住低頭瞥了一眼，只見我雙腿之間已經血肉模糊了……淚水再次隨著心酸一湧而出……

「你冷靜啲，」天韻看似發自內心地說：「如果你都想食，我叫廚師分多一份畀你喇。」

「仆你個街！」我猛向她吐口水，「你無得救㗎喇你！」

她沒有遷怒，冷冷地擦拭臉上的口水。

我原以為天韻徹底地割下我身體最重要的部位，已經是鬼屋對我最大的懲罰，接下來只要殺掉我便好了。豈料，面具人竟然呈上另一隻白色瓷碟連同幾把刀，放在我面前！

還未完結！

天韻從桌上幾把刀之中，挑了一把大而長身的刀。我好像……在哪裡見過這種長刀？

「唔好呀！」恍然大悟後，我無法止住淚水！一切線索都串連起來了！

打麻醉針、輸血、飯廳、割下重要部位、拿到廚房烹調、頭盤、吃飯……他們要把我整個人活生生地吃掉！這班客人有食人癖！

「你哋真係黐撚咗！」我狠狠罵道。

打從一開始替我的蜈蚣傷口再度注射止痛劑，是為了讓我的傷口不再痛，這樣當天韻割我的重要部位時，我便更能集中感受那處的痛楚！他們不止要吃人肉，還要「欣賞」人被吃前所遭受的極度痛苦！

他們真的病了！腦袋徹頭徹尾的病了！

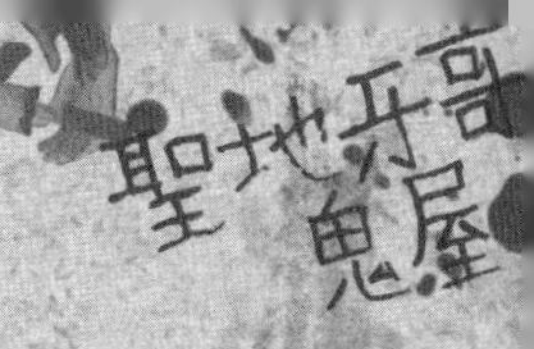

然後呢？然後呢？

天韻不停要我放鬆是為了甚麼？以免使她割下來的肉變得硬梆梆、不好吃吧？這表示他們不單單要吃，而且要吃優質的、新鮮的！

而她此刻手持的刀，那該死的長刀，正正是我在街市豬肉檔見到的那種切肉刀！

咔、咔、咔

廚房傳來煎煮的「*嗞嗞*」聲，散發著類似油炸 Tejal 時的氣味——廚師正在烹調我的下體的同時，天韻正手持切肉刀，眼神洋溢詭異的陰寒，對我淡然一笑。

曾幾何時，我因為這個微笑而覺得溫暖，現在，卻只剩下讓人感到憎惡又毛骨悚然的氣息。

「我求下你……當我求下你……」冷汗狂飆的我，身體不自控地強烈震抖起來，連發音咬字都不清晰，「你殺我咗啦……殺咗我先好落手……求下你……」

面對死亡，尤其是經過長時間的駭人折磨，人的尊嚴不再矜貴。

AREA 8 極樂晚餐

殊不知天韻不讓有我喘息的機會，她向我俯身，手起！刀落！

「呀呀呀呀呀呀！！！」我奇異地沒有感到痛楚，可是濃濃的血液瘋狂地流出！

她把我右大腿內側的肉切出來！血淋淋的生肉片堆成一座小山似的擱在碟子上，已經黏成一坨，滲出血汁，一滴滴地流下來。

雖然暫時未感受到痛楚，不過失血的我逐漸頭暈，而且愈來愈寒冷。瞧了一眼，發現螢光幕上的自己，面青唇白，猶如饑荒時快要餓死前的慘狀。

我的下半身不斷湧出鮮血，流往地上，連同兩大碟一坨坨的生肉，整個飯廳再度瀰漫噁心的腥臭味。然而客人們卻絲毫不受臭味影響，聚精會神地瞪大雙眼凝望天韻的動作，配合他們身上的晚禮服，悠然的神情倒像來欣賞芭蕾舞表演。

聽到天韻緊張地吩咐面具男，「快啲拎入去分好。」

放下切肉刀的她，被我噴灑出來的血花染滿全身。

任由血液自臉上和身上滴下來，她轉身向客人微笑道：「第二道菜如大家所見，大腿內側嘅肉係人體全身最滑最軟熟，所以好適合生食。」

生吃？不會吧？回想在鬼屋整日的經歷，想到我跟病毒豬的親密行為，我還吃了混合人肉醬……他們不怕我有病會惹到他們嗎？不過，我已經提不起勁質問他們了……

隨後，天韻突然加快動作，像在趕時間似的飛快移動雙手。

不用說，她正在準備「下一道菜」。

終於，我隱約聽到她喃喃對面具人助手說：「要快手啲，唔係Zach失血過多死咗，啲肉就無咁好食喇……」只可惜這刻的我，已經無力生氣，無力再出口罵她……

不斷打冷顫的我，感到寒氣漸漸自指尖經由全身肌肉再刺進骨頭。天韻的動作快得讓頭昏眼花的我追不上，飯廳的燈光陡然昏暗起來……

一團迷濛的灰黑色霧氣驟然襲向我，使我的雙眼變得沉重，全身無力癱軟下來……

最後，我聽見一把沉穩的男聲說：「恭喜你，你已經合格喇。」對象固然不是我。

緊接是熟悉的聲音再度響起，不像是自外面傳入耳中，而是聲音本身就在腦袋裡迴盪。那種有節奏規律、快速的咔咔聲。

AREA 8 極樂晚餐

「*咔咔、咔咔、咔咔、咔咔……*」我再次聽見，Asha 死前因極度懼怕而不由自主地磨牙，那種牙齒碰撞牙齒所響起的咔咔聲……

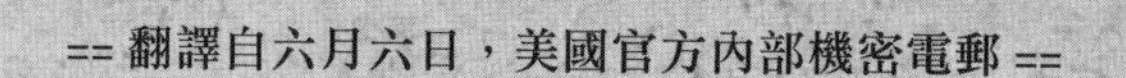

== 翻譯自六月六日，美國官方內部機密電郵 ==

寄件者：

收件者：

機密級別：最高

附件：身份資料.pdf；露天音樂節.zip；街頭施襲.docx；失蹤者社交平台帳戶.zip

主旨：有關八名遊客死亡及失蹤之報道

敬啟者：

本局證實於六月五日，有六名遊客因「意外」死亡、兩名女遊客被列入失蹤名單。附件為以上八人的身份資料和建議的「涉及事件」，請安排報社及社交媒體，按附件內容進行報導。

此致

美國　委員會會長

美國　警局局長

==［六月七日，紐約 / XX 日報］==

美國再遭受恐襲：5 死 56 傷

據美 X 社報導，美國警方稱加州一個露天音樂節現場附近發生爆炸，一名男子以自殺式炸彈發動襲擊，造成兩名美籍印度男女及兩名英國男遊客死亡，及至少五十六人受傷，其中約四十名傷者需送院治療。

==［六月九日，香港 / XX 日報］==

【國際突發】
美媒：加州兇徒施襲
兩男一女死者為港人

美國《XX 報》報道，有兩名歹徒在聖地牙哥街頭施襲，期間曾開槍及用刀襲擊，至少造成三人死亡，據報三名死者均為香港人，其中一男一女為情侶關係。目前兩名歹徒在逃，美國警方調查後，稱襲擊與恐怖活動無關，暫時未知行兇動機。

事發於當地時間晚上約八時，有目擊者指當時有五人爭執，有人拿出斧頭向一名男子施襲，受傷男子本來欲駕車離開，但另一名男子再開槍，擊中他的汽車，使受傷男子與其餘兩名受害人無法逃走。爭執期間，三名受害人被歹徒用槍及刀襲擊造成重傷，送往醫院搶救後證實不治。

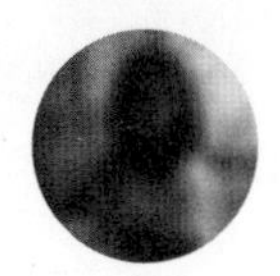

Yee Kei Cheng at 聖地牙哥艾德 (Idyllwild, San Diego)

6月11日

嚟旅行諗住撇甩細佬自己一個懶型行下山，點知出咗事喇。行咗兩個鐘一個人都無，明明話仲有十二公里，但行嚟行去仲喺同一度咁。等陣如果見到有人去問下路先。

Like Comment Share

《你聽說過嗎？聖地牙哥鬼屋》

全書完

藝術家用謊言揭露真相，
政治家用謊言掩蓋真相
——《V煞》

首先，再次多謝陪著我一起吃炸雞和肉醬，又玩「活體切割」的變態重口味讀者們。

記得在網上連載這個故事時，我就像個虐待狂一樣，很享受見到讀者們留言說故事讓人很不安、覺得很嘔心等等，對啊，我正在用文字虐待你們。

故事設定男主角 Zach 是個齷齪小人，加上他自大的個性，或許還有他職業的緣故，令很多讀者在故事的初期不喜歡他，很想他快點死，而且要慘死。身為作者，Zach 這個設定確實有點冒險，因為一個不討好的主角，可能會令讀者反感甚至棄故。

然而，我堅持這樣的安排，除了因為想表達自己的想法，也在故事的結尾，達到了我預期的效果：到最後真相大白時，大家不但沒有再罵 Zach，還不禁同情他。這個故事情節的大扭轉，我覺得算是成功了。

隨著故事的發展，男女主角的表裡不一慢慢顯露出來，到了結局時他們的立場更徹底對調。本以為天韻是好人，表面上她看似愚蠢又善良，純情得一直被 Zach 欺騙似的，實際卻是心思縝密又思想扭曲的變態；Zach 看起來是個不折不扣的賤男，反而他才是屈服於制度下的受害者。**這不正正反映了現實社會嗎？**

無論是媒體報道，或身邊認識的人，當中有些人物和事件，都可能是虛有其表。甚至乎，將事情說得正氣凜然的人，偏偏是想掩飾權勢的腐敗或自己的貪婪。

Zach 雖然可惡，可是他只是為了自保才推隊友去死，然而落得被人虐待和凌辱致死的淒涼下場；相反，變態的瘋子天韻，最後竟能成功通過鬼屋的面試，得償所願。可能有人會問：為甚麼要寫這種悲慘的結局？

我會答你，很多人並不一定像電視劇或電影裡，演繹的角色非黑即白；他們的結局，亦不一定是「好人們大團圓 BBQ 跳起 Yeah」，而「壞人們」會受到即時懲罰。

固然，我是相信有因果報應，不過這個機制並不是像一加一等於二般直截了當，當中受很多其他因素影響，包括前世今生，不過這是另一個話題，在此不作詳談。

這麼說吧，「壞人」或許暫時能風風光光地生活得很開心，可是不會長久，終究有一天，他要為自己所種下的「因」而結其「果」。

俗語有云：「**善有善報，惡有惡報，若然未報，時辰未到。**」

最後，有個好消息告訴給接受到重口味又有被虐傾向的讀者們：這個玩命遊戲系列的次部曲《奈良夢幻樂園》和終部曲《莫斯科秘密地鐵》的實體書已經面世了！

作為《鬼屋》續集的《樂園》，把故事舞台由美國搬到日本，帶領大家走入荒涼肅殺的主題樂園廢墟。除了交代鬼屋主辦方的背後陰謀、故事後續發展和角色下落等等，更有多個全新角色登場！希望續集保持一貫血腥恐怖風格之餘，也令你們有煥然一新的感覺！

期待在書店裡面，再次與你們相遇。

你聽說過嗎？

聖地牙哥鬼屋

San Diego Haunted House

作者　橘子綠茶

責任編輯　陳婉婷

特約設計　陳希頤
製作　點子出版

出版　點子出版
地址　荃灣海盛路 11 號One MidTown 13 樓20 室
查詢　info@idea-publication.com

印刷　海洋印務有限公司
地址　黃竹坑道 40 號貴寶工業大廈 7 樓 A 室
查詢　2819 5112

發行　泛華發行代理有限公司
地址　將軍澳工業邨駿昌街 7 號 2 樓
查詢　gccd@singtaonewscorp.com

出版日期　2023 年 11 月 30 日（第四版）
國際書碼　978-988-79276-0-0
定價　$88

Printed in Hong Kong

點子出版
IDEA PUBLICATION

你聽說過嗎？

聖地牙哥鬼屋

San Diego
Haunted Hou